負けヒロインが多すぎる！

vol.5

雨森たきび
ILLUST. いみぎむる

「やっぱこの角度だ。
ねえ、あたしこの席だったよね？」
「いや……そうかな」

桃園中学3-2

「……ば、馬鹿」

「お兄様、感想は
いかがですか？」
いつもとちょっと違う

「どう育ってもそれはそれで
いいじゃんね」——

CONTENTS

Too Many LOSING Heroines

Too Many LOSIN Heroines
AMAMORI TAKIBI
presents
Illustration by
IMIGIMURU
雨森たきび
ILLUST. いみぎむる
負けヒロインが多すぎる！
vol 5

CHARACTERS

登場人物紹介

温水和彦
ぬくみず・かずひこ
高校1年生。
達観ぼっちな少年。
文芸部の部長。

八奈見杏菜
やなみ・あんな
高校1年生。
明るい食いしん坊女子。

小鞠知花
こまり・ちか
高校1年生。
文芸部の副部長。
腐ってる。

焼塩檸檬
やきしお・れもん
高校1年生。
陸上部エースの
元気女子。

温水佳樹
ぬくみず・かじゅ
中学2年生。
全てをこなす
パーフェクト妹。

月之木古都
つきのき・こと
高校3年生。
元・文芸部の副部長。

志喜屋夢子
しきや・ゆめこ
高校2年生。
生徒会書記。
歩く屍系ギャル。

玉木慎太郎
たまき・しんたろう
高校3年生。
元・文芸部の部長。

綾野光希
あやの・みつき
高校1年生。
本を愛する
インテリ男子。

朝雲千早
あさぐも・ちはや
高校1年生。
綾野のカノジョ。

姫宮華恋
ひめみや・かれん
高校1年生。
圧倒的な
正ヒロインの風格。

馬剃天愛星
ばそり・てぃあら
高校1年生。
生徒会副会長。

甘夏古奈美
あまなつ・こなみ
1－Cの担任。
ちっちゃ可愛い
世界史教師。

放虎原ひばり
ほうこばる・ひばり
高校2年生。
生徒会長。

小抜小夜
こぬき・さよ
養護教諭。
無駄に色っぽい。

権藤アサミ
ごんどう・あさみ
中学2年生。
高身長で、佳樹の親友。

桜井弘人
さくらい・ひろと
高校1年生。
生徒会会計。

弾ける様なパラパラという音に、眠りに落ちかけた意識が引き戻された。

自宅のリビングの窓を、降り出した雨が叩いている。

俺はソファの上で伸びをして、参考書を静かに閉じた。

学年末テストも終盤戦。

今日まではなんとか乗り切ったが、まだ気を緩めるわけにはいかない。

「あと二日だな……」

呟きながら壁のカレンダーに目をやると、自然とある日付に視線が留まる。

来週の日曜日は――2月14日。バレンタインデー。

知っての通り、バレンタインデーとは家族にチョコをもらう日だ。異論は認めない。

認めないが、今年ばかりは事情が違う。

――去年のクリスマス。俺は誕生日プレゼントを文芸部の女性陣からもらった。

この流れからすると、今年は義理チョコをもらえる可能性が高い。

ここで勘違いして欲しくはないのだが、モテたいとか好きな人にチョコをもらいたいとか、そういう話ではない。

ボッチだろうと現実の異性に興味がなかろうと関係ない。バレンタインデーはなんかちょっとソワソワするし、机の中とか下駄箱を奥まで確認したりするのだ。

とはいえ、期待をしすぎるともらえなかった時のショックが大きい。

とりあえずいまは目の前のテストに集中だ。

……だけど、明日の準備にも目途がついている。気分転換に少しくらいラノベを読んでもいいんじゃなかろうか。

確か部屋に『ここが男子校だと気づくまでの100日間を語ろうか』があったっけ……。

これはヒロインのすべてが女装男子という意欲作だが、『それになにか問題が?』という熱心なファンに支えられた長寿シリーズだ。

ちなみに文芸部の蔵書なので俺の持ち物ではない。これ大事。

「よし、一休みするか」

ソファに参考書を置いて立ち上がると、キッチンから流れてくる甘い匂いが鼻をくすぐった。

キッチンでは妹の佳樹が鼻歌まじり、なにかを混ぜているようだ。

絹糸のように揺れる黒髪。小柄な身体と、それ以上に小さな整った顔。我が妹ながらエプロンが良く似合う。

俺は何気なく佳樹の隣に並ぶと、手元をのぞきこむ。

「佳樹、なにを作ってるんだ?」

見れば佳樹の前には色とりどりのボウルが並び、今は薄緑色のなにかをかき混ぜている。

「バレンタインに向けて新作チョコの試作です。お兄様、はいアーン」

スプーンでボウルの中身をすくって差し出してくる。

口に入れるとさわやかな甘みが舌に広がり、青い香りが鼻に抜けていく。

「これ、なんの味だっけ」

「ピスタチオです。ペーストにしてホワイトチョコに混ぜたんですけど、固めた後の口どけがどうも納得いかなくて。はい、こっちはカシスのソースです。お口を開けてください」

素直に口を開くと、ほろ苦い甘酸っぱさが舌に広がる。

「どっちも完璧だな。お兄ちゃん、佳樹の作るチョコなら全部美味しいと思うぞ？」

佳樹は笑みをこらえるように口元をムニムニさせてたが、急にかしこまった表情でコホンと咳払いをする。

「あら、お兄様は佳樹があげなくても学校でもらえるでしょう？　それとも――」

佳樹は軽く頰を上気させ、隠しきれない好奇心で瞳をキラキラさせながら見上げてくる。

「――あげるほうでしょうか？」

なんで俺がチョコをあげるんだ？　佳樹のやつはたまに分からないことを言う。

「もらえるかどうか分からないって。義理チョコって年賀状やお歳暮みたいなものだから、あげるかどうかは周りの雰囲気によるだろ？　今回はバレンタイン当日が日曜日だけど――」

息継ぎをすると、言葉を続ける。

「学校見学会で登校日だから義理チョコもありうるけど流れが読めないというか。いや別に俺はチョコが欲しいわけではなくて、一般論を言ってるだけだからな」

俺の熱弁に佳樹（かじゅ）はニコリと微笑（ほほえ）む。

「そうですね、佳樹もそう思います。今年は佳樹もチョコをあげたい人がいますし」

へえ、そうなんだ。佳樹にもチョコをあげたい人……が……？

「なあ佳樹、それって」

俺の言葉をさえぎるように、佳樹は自分の頰（ほお）を指でちょん、とつつく。

「ほっぺに甘くて美味（おい）しいチョコが付いてしまいました。お兄様、綺麗（きれい）にしてくれませんか？」

こいつ、いま自分でチョコを付けなかったか……？

ティッシュを探すが、なぜかどこにも見当たらない。

仕方ない。俺はハンカチを取り出すと、佳樹の頰をぬぐう。

「はい、綺麗になったぞ」

「……お兄様、そういうとこです」

なんで佳樹のやつ、ふくれっ面（つら）をしてるんだ。

わけ分からんが、これが思春期というやつだろう。

「えーと、それはそうとさっき佳樹が言ってたチョコをあげたい人って――」

今度は聞き慣れないスマホの着信音が割りこんできた。

「！　お兄様、ちょっと代わってもらっていいですか？」

返事も待たず、湯せん中のボウルを渡してくる。

「え、これどうすんの？」

「混ぜながらゆっくりと４５℃まで温度を上げてください。よろしくお願いしますね！」

佳樹はスマホを取りだしながら、トテトテとリビングから走り去る。

え、ホントにどうすりゃいいんだ。とりあえず混ぜ続ければいいのかな……。

チョコをゆっくり混ぜながら、深呼吸をして心を落ちつける。

今年はチョコをあげたい人がいるって、まさか男ではなかろうな。

いやまさか。そんなはずはない。

それに『お兄様は佳樹があげなくても』って発言も気になるぞ。ひょっとして俺にチョコをくれる気がないのだろうか。

いやもちろん、妹からのチョコを本気で楽しみにしているわけではない。ないが、佳樹は１歳のころから俺へのチョコを欠かしたことはないのだ。もしちょっとした勘違いが生じているなら、解消すべきではないのだろうか。

「……あ、温度を計るの忘れてた」

マズイ、佳樹に叱られる。慌てて温度計を入れると、液晶の表示は４６℃ジャスト。

うん、誤差の範囲だ。チョコの入ったボウルをお湯から上げると、俺は佳樹が出ていったドアを見つめる。

……この後、どうすればいいんだろ。佳樹のやつ、まだ電話してるのかな。

しばらく待っても戻ってこないので、俺はボウルを持ったまま廊下に通じるドアを開ける。

「おーい佳樹……」

コッソリ顔を出すと、佳樹は玄関の辺りでこちらに背を向け、なにやら話しこんでいる。

「――――うん、そうだけど――うん、そうだね。でもいいの？　ゴンちゃんは――――うん、あの子は関係ないよね」

スマホを耳にぴったり付け、しきりに頷きながら話している。

なんか真面目な話みたいだけど、チョコも待ってくれないしな……。

「詳しい話は直接会った時でどうかな？　電話だとなんだし」

お、そろそろ話が終わりそうだな。俺はホッとして廊下に出る。

「分かったよ、１４日は空けとくね。それじゃまた学校で――　橘君」

……え？　最後の言葉に俺は氷のように固まった。

スマホをエプロンのポケットに入れながら、佳樹がクルリと振り返る。

「あれ、お兄様いつからそこにいたんですか？」

「え、いや、いま来たところだ。チョコが４５℃になったけど……」

軽くサバを読みながらボウルを差し出すと、走り寄ってきた佳樹が笑顔で受け取った。

「ありがとうございます。ごめんなさい、電話が長引いちゃって」

佳樹は足取り軽くキッチンに戻ると、ボウルを氷水につける。

「これで温度を下げていきます。……お兄様、どうしたんですか？」

知らずに佳樹を凝視していたらしい。俺は慌てて目を逸らす。

「いや、あの、さっき電話してたのって――」

「学校のお友達です。ちょっと学校の行事のことで話があって」

ふうん、友達なんだ。呼び方からすると男、だよな。

しかもさっきの話だと、１４日を空けるとか言ってたし――。

鼻歌まじりでチョコを混ぜる佳樹を見ながら、俺は背中を流れる冷や汗に気付く。


試作をするほど力を入れたチョコ――男友達との2月１４日の約束――。


これって……ひょっとして……？

「あのさ、佳樹。そのチョコ――誰にあげるんだ？」

さりげなくたずねると、佳樹がピタリと手をとめる。

「……誰だと思います？」

やけに落ち着いた佳樹の声。

ゴクリ。俺の喉が音を立てる。

「お、女友達——だよな？」

思わず声が裏返る俺に、佳樹が少しはにかんだ笑顔を向けてくる。

「ひ・み・つ、です」

～1敗目～　化かしあいにもなってない

学年末テストは４日目が終了。後は最終日を残すばかりだ。

だが今回ばかりはテストどころではない。

放課後、俺は足早に部室に向かいながら、昨日の佳樹(かじゅ)の様子を思い返していた。


——佳樹が男に本命チョコを渡そうとしている。


もちろん、佳樹に好きな男がいても不思議ではない。

だが佳樹はまだ中二だ。本命チョコを渡すのはやりすぎではなかろうか。

相手がその気になったらどうするんだ。

いや、なるに決まってる。なにしろ佳樹はあれだけ可愛(かわい)いのだ——。

そんなことを考えながら西校舎に入って階段横の暗がりに差しかかった途端、グイと腕を引っ張られた。

問答無用、俺を階段脇の薄暗いスペースに連れこんだのは——生徒会副会長、馬剃天愛星(ばそりていあら)。

彼女は俺を壁に押しつけると、ジロリと睨(にら)んでくる。

「温水さん。最近、私を避けていませんか？」

「へ？　そんなことは――」

言いかけて思わず語尾を濁す。だってこの人なんか怖いし。

黙る俺を見て、目を伏せる天愛星さん。

「……やっぱり避けてるんですね？」

「違っ！　違うって。最近テスト勉強で忙しかったから、余裕なくてさ。それで今日はどうしたの？」

雑に話を逸らすと、天愛星さんはホッとしたように表情を緩める。チョロい。

「また勉強を――教えてくれたらなって。も、もちろん取引ですから、ちゃんとお礼はいたします！」

え、なんでいまさら。明日でテストは終わりだぞ。

確かに天愛星さんは成績がよろしくない。

それを周りに知られたくない彼女と年末にひと悶着あって、いまでもたまに勉強を教えてくれと（なぜか）暗がりで頼まれる。普通に言ってくれ。

「ええと、明日って社会科目がメインだろ。俺、そんなに得意じゃないし。暗記科目だから一人で勉強した方がいいんじゃないか？」

「他の教科もあるじゃないですか！　ええと、明日は社会の他に確か――」

天愛星さんはカバンからプリントを取り出すと、目を細めて凝視する。

「…………保健体育」


深い沈黙。

うつむいてフルフル震える天愛星さんは耳まで真っ赤だ。

「……違いますから」

「うん、分かってるから」

「そういうんじゃありませんからねっ⁉」

「ああ、ちゃんと分かってるって。だから一緒に勉強するのはちょっとね」

言い残して逃げようとする俺の進路を、天愛星さんが両手を広げて塞ぐ。

「でもそれだと、お礼ができないじゃないですか！」

……へ？　馬剃さんがお礼をするために勉強を教えるの？

「えっと、俺は別にお礼とかいらないけど」

「だっ、だって来週は――あれがありますよね。ほら、あれですよ」

天愛星さんは室内履きのつま先で、床に『の』の字をクリクリと描く。

来週なんかあったっけ。天愛星さんに限ってバレンタインデーは関係ないよな。

……あ、確か。

「週末の学校見学会のことかな。生徒会がなにかしてくれるの？」

ツワブキ高校見学会。進路の参考にするために、市内の中学生を受け入れるものだ。

見学者は部活の見学もできるから、文芸部でもなにをするか考えていたところだ。

なるほど、テスト勉強を教える見返りに便宜(べんぎ)を図(はか)ってくれるというわけだな。

「はあ。学校……見学会？」

キョトン顔の天愛星さん。違った。

「違うなら一体——」

言葉の続きは舌の上で凍りつく。

ただでさえ暗い階段脇が、さらなる闇に包まれていく。

「悪い子……見つけた……」

ゆらり。闇をまといながら現れたのは生徒会書記、志喜屋夢子(しきやゆめこ)。

志喜屋さんは背後から天愛星さんの肩にアゴを置き、ぐたりともたれかかる。

この人も年末に月之木(つきのき)先輩がらみで色々あった。それ以降、どことなく明るくなった気がするのは多分、気のせいではない。

「先輩っ?!　どうしてここが——」

焦(あせ)る天愛星さんの肩越しに小さく手を振る志喜屋さん。

「温水君……久しぶり……」

「はい、三日ぶりですね」

俺は手を振り返す。天愛星さんが不機嫌そうに俺を睨む。

「……すみませんが、私を挟んでイチャイチャしないでくれますか」

「してないよ……？　ね、温水君……」

「ええ、してませんよね」

頷きあう俺たちを見て、天愛星さんの表情がけわしくなる。

それに気付いたか、志喜屋さんが背後から天愛星さんの頭をなでる。

「勉強なら……私が教えてあげるよ……？」

「はい？　あの、でもそれだと――」

天愛星さんがビクリと震えて背筋を伸ばす。志喜屋さんが天愛星さんの背中を、なで回しているのだ。

と、志喜屋さんが困ったように首をかしげる。

「天愛星ちゃん……ブラ……どうしたの……？」

「ふふ……」

天愛星さんはうつむいたまま不敵に笑う。

「先輩、私がいつまでも黙ってホックを外されると思ったら大間違いです」

天愛星さんはクルリと振り返ると、ドヤ顔で胸を張る。

「残念でしたね、フロントホックのブラに変えたんです！　これで勝手に外したりできませんよ！」

待って、なにが始まった。この場に俺もいるんだが。

「そっか……それもまた……善き……」

志喜屋さんはおもむろに手を伸ばす。

そして天愛星さんの並んだリボンの間、シャツの隙間に指を入れると、ゴソゴソと動かす。

「先輩、なんで普通に手を入れてるんですか？　えっ」

「外れた……よ？」

天愛星さんが大慌てで胸元を押さえる。

「えっ、ちょっ⁉　本当に外し――」

固まっていた天愛星さんが、ぎこちなく俺に顔を向けてくる。

「あ、あの……温水さん。見てました？」

見てました。俺はコクリと頷く。

「えーと、それで二人はさっきからなんのプレイを」

「プレイじゃありませんっ！　いいから見ないでください！」

そんなこと言われても見ちゃうよね。

志喜屋(しきや)さんは天愛星(てぃあら)さんをチョイチョイと手招きすると、ボソリと呟(つぶや)く。

「天愛星ちゃん……ブラのサイズ……合ってない……」

「はいっ?!　みっ、見栄(みえ)なんて張ってませんから！」

……天愛星さん、そこまで言わなくていいです。

それはそうと、これ以上ここにいたらプレイの邪魔だよな。

俺はジリジリと二人から距離を取る。

「それじゃ俺はもう行くね。二人ともごゆっくり」

「うん……行ってらっしゃい……」

「ちょっ?!　温水(ぬくみず)さん！　違いますからね！　そういうんじゃありませんからねっ！」

「大丈夫、分かってるから。そういうんじゃないんだよね」

言い残して足早にその場を去る。

そうじゃなければなんなのかは分からんが、百合(ゆり)の間に挟(はさ)まる男は死ねばいい――それくらいは俺にも分かるのだ。

西校舎片隅の文芸部の部室。

俺は扉の前で息を整える。いまから臨時部会を開催するのだ。

テスト期間中だが、今回ばかりはそれどころではない。佳樹の危機に比べたらテストなんか些事である。

「ごめん、お待たせ」

扉を開けると、中にいたのは二人の女子生徒。八奈見杏菜と小鞠知花。

なぜか二人並んで壁を見ながら、黙々と黒い塊――丸ごとの巻き寿司にかぶりついていた。

……なんだこの光景。

と、ケホケホと咳きこみながら、小鞠が食べかけの巻き寿司を紙皿の上に置く。

「こ、こんなデカいの、む、無理……」

涙目で湯呑のお茶を飲み干すと、小鞠は俺をジロリと睨む。

「お、遅かったな。お前の分、あるぞ」

俺の分？　見れば小鞠の視線の先、ラップに包まれた太い巻き寿司がゴロリと転がっている。

「一人一本？　しかもデカくない？」

「だ、黙って一気に、食え」

ええ……この巻き寿司のサイズ感、八奈見規格だぞ。

いや、さすがの八奈見といえども一気にこれは無理だよな――。

「ふう……温水君が遅かったから、先に食べちゃったよ」

「っ?!」

その声に顔を向けると、悠々と足を組み替えながら、ハンカチで口をぬぐう八奈見の姿。

俺が小鞠にからまれている間に一本食い切ったというのか？

半ば感動しながら向かいの椅子に座ると、八奈見は俺の背後の壁をビシリと指差す。

「今年の恵方は後ろ側だよ。さ、一気に行こうか」

つまり……この巻き寿司は恵方巻ってことか。でも、

「節分って昨日だろ？」

「うん。昨日作ったの余っちゃってさ。せっかくだから持ってきたの」

八奈見は巻き寿司のラップをむくと、俺に突き出してくる。

「はい、黙って食べきって。ほらほら、温水君のは桜でんぶメッチャ増量しといたから」

そっか。でも俺、桜でんぶ苦手なんだよな……。

俺がためらっていると、小鞠がジト目を向けてくる。

「し、死ぬ気で食え」

お前、ほとんど食ってないだろ。

「えーと、用事が済んでからいただくよ。それより焼塩は来てないのか？」

「檸檬ちゃんなら補習だよ」

「補習？　まだテスト期間中だろ」

八奈見は深刻そうな表情で、小鞠の食べ残した巻き寿司を食べ始める。食うのか。

「テスト初日の結果を受けて、ツワブキの先生たちで特別チームが編成されたんだよ。いまから補習を始めないと進級判定に間に合わないんだって」

……焼塩のやつ、そんなことになってたのか。

「ええと、焼塩のことは先生たちに任せて。今日集まってもらったのにはわけがあるんだ」

焼塩に先輩と呼ばれる未来を夢想しつつ、俺はカバンから箱を取り出す。

「なにそれ温水君」

「まずは黙ってこれを食ってくれ」

蓋を開けた途端、八奈見が歓声を上げた。

平たい箱の中は細かく仕切られていて、色とりどりのチョコが並んでいる。

佳樹(かじゅ)特製、チョコアソート（試作品3号）だ。

「えっ、なにこれ可愛(かわい)い。食べていいの？　私、チョコにはちょっとうるさいよ？」

知ってる。主にうるさいことを。

「あ、こっちがビターでこれがミルク？　うわ、これ中にキャラメルソース入ってるじゃん。ほら、小鞠ちゃんも早く食べないとなくなっちゃうよ」

なくなるかどうかはお前の匙(さじ)加減だ。

小鞠は恐る恐るといった感じでチョコを口にする。

「こ、これ、ピスタチオだな。て、手作りか？」

「ああ、妹のバレンタイン用の試作品だ。そしてこれを――」

赤いハート形のチョコをつまむと、目の前にかざす。

「俺ではない誰かにあげるらしい」

ピタリ。伸ばした手を止める八奈見と小鞠。俺はゆっくりと二人の顔を見回す。

「誰にあげるのか、俺にも明かしてくれないんだ。というわけで、兄にも秘密の相手に本命チョコを渡す――そんな中二女子の心理を教えて欲しい」

……返事はない。

「小鞠ちゃん、これ中になんか入ってるよ」

「な、なんだろ。アーモンド、かな」

もしゃもしゃもしゃ。チョコを食べ続ける二人。

「えーと……俺の話、聞いてた？」

八奈見と小鞠は視線を交わすと、軽い口調で言う。

「妹ちゃん、好きな人でもできたんでしょ」

「お、男だな」

……こいつら、コトの重大さが分かっていないな。

俺は咳払いをすると、改めて二人に向き直る。

「よし、特別にヒントを出そう。妹は１４日に男友達と会うらしい。だが、それはフェイクだとふんでいる。そんなあからさまなシチュエーションでチョコを渡すなんて、メタ的に見たら引っかけだろ？　ひょっとして悪い男にだまされてるとかデスゲームに巻きこまれてる可能性はないだろうか。やはりここは兄として、しっかりと介入を――」

俺の真剣な訴えも右から左。二人はカバンから教科書やノートを取り出す。

「んー、そうかもね。小鞠ちゃん、明日の過去問あるけどいる？」

「うぇ？　そ、そんなのあるのか」

テスト勉強を始める二人。

「……あのさ、もう少し真剣に考えてくれないか」

八奈見は面倒くさそうに溜息をつくと、赤いボールペンをクルリと回す。

「もう答え出てるじゃん。あのさ、付き合うかどうかくらいの時期って、結構ナーバスになるじゃん？　そっとしておこうよ」

小鞠がコクコクと頷く。

「ほ、包容力を見せてやれ。か、家族が反対すると、意固地になるぞ」

「でもほら、俺の前でチョコを作ってたんだぞ？　実は兄になにかを伝えようとしていたとか、そんな可能性は」

「ないね。温水君は恋愛ってものが分かってないよ」

「わ、分かってないな。反省、しろ」

こいつら恋人いない歴イコール年齢のくせに……。

とはいえ、現役女子高生二人の意見は一致している。客観的に見れば佳樹（かじゅ）に好きな人ができた——というとこだろう。そして14日に会うらしきタチバナ君が、その有力候補だ。

だがしかし。客観とは主観の最大公約数にすぎない。創作を心の糧（かて）とする文芸部員として、無批判にそれを受け入れてよいものだろうか。

そもそも14日に手作りチョコを渡すからって本命チョコとは限らないわけで、そういった思いこみを排除することこそが文芸部の今後の活動に繋がるのでは——。

……延々とそんなことを考えてどのくらい経（た）っただろう。

小鞠（こまり）は壁の時計をチラリと見ると、カバンに荷物を詰めこんで立ち上がった。

「小鞠ちゃん、もう帰るの？」

「と、図書室の当番、頼まれてる」

「——ああ、今日は小鞠の当番か」

最近文芸部は、たまに図書室の手伝いをしている。

試験期間中は本の貸し出しはしていないが、自習室として開放しているのだ。

「小鞠ちゃん、試験前なのに大丈夫？　温水（ぬくみず）君が代わろうか」

勝手に俺を差し出すな。

「カ、カウンターに座ってるだけ、だから。試験勉強、できる」

小鞠が部室を出ていくと、八奈見はチョコに手を伸ばしつつ教科書に目を落とす。

「温水君はテスト大丈夫？　朝からなんかソワソワしてたじゃん」

「佳樹のピンチなんだからテストどころじゃないって。相手がろくでもない男なら、出るところに出ないとだし」

「……あのさ、妹ちゃんがチョコを渡すのっていつなの？」

俺の正論に、なぜか呆れたように首を振る八奈見。

「へ？　そりゃバレンタインバレンタインデーの１４日だろ」

「今年のバレンタインって日曜日でしょ。つまりさ、休日に男子と待ち合わせてチョコ渡すなんて、もう付き合ってるか、秒読み段階じゃん」

パラリ。教科書をめくる八奈見。

「えっ、でもほら。佳樹に好きな人がいるそぶりなんて、これまでまったくなかったぞ？　家では四六時中一緒にいるから、それは確かだって」

「それじゃ学校で仲を深めて、いよいよって段階でしょ。邪魔しちゃダメだって」

いやまさか。俺は首を横に振る。

「だけど１４日の約束は、他の友達と一緒かもしれないし。佳樹、俺と違って友達たくさんいるから」

「じゃあ、予定を確認すればいいじゃん。告白やデートじゃないなら、妹ちゃんも教えてくれるでしょ？」

なるほど、一理ある。俺はスマホを取り出す。

「カレンダーになにか予定が入ってるかもしれないな。ちょっと見てみるよ」

八奈見が眉をひそめながら顔を上げる。

「温水君のスマホに、なんで妹ちゃんの予定が入ってるの？」

「なんか知らないけど、カレンダーやストレージが妹と共有になってるんだ」

八奈見がズリズリと椅子を俺から遠ざける。

「……温水君、私ちょっと引いてるんだけど」

「妹が勝手にそうしたんだって。パスかかってるから設定も変えられないし――」

立ち上げた2月のカレンダー。バレンタインデーは来週末。

……………なにも入っていない。

空振りか。画面を戻そうとした俺の指が止まる。

それより前、今週の土曜日に見覚えのない予定が入っている。

『橘君と豊川稲荷にお出かけ♡』

…………！

俺は思わずスマホを裏返してテーブルに置く。

よし、ちょっと落ち着いて頭を整理しよう。

…………。

…………。

…………………やっぱこれ、デートだよな。

橘君は佳樹の電話相手のはず。

君付けで呼んでるってことは男子。しかも同級生か後輩だと推測される。年下女子に君付けで呼んでもらいたがる趣味持ちの可能性もあるが、いったんそれは置いとこう。

そうか橘って書くんだな……そっか……橘君……男子……。

「だから橘君って誰だよ!?」

俺が頭を抱えていると、八奈見が机をコンコンと叩く。

「温水君、落ち着いて勉強できないんですけど？　妹ちゃんのことなら心配しすぎだって」

「いや、本当に一大事なんだって！　佳樹が週末にデートの予定を入れてるんだぞ?!」

俺がスマホを突き出すと、八奈見は目を細めながら画面を見つめる。

「デート？　友達との勉強会が？」

……？　なに言ってんだこいつ。

不思議に思って画面を見ると、お出かけの予定が消えている。

代わりにそこに入っていた予定は――。


『お友達と勉強会』


……へ？　どういうことだ。

「いやいや、さっきまでここに『橘君と豊川稲荷にお出かけ』って入ってたんだって！　末尾にハートマークまで付いてたんだぞ!?」

ひょっとして、俺にバレないように佳樹が書き直したのではなかろうか。だとしたら家族に言えないような付き合いであることは間違いなく、兄として口を出さないわけには――。

いつの間にか隣に立っていた八奈見が、ポンと俺の肩を叩く。

「温水君、きっと疲れてるんだよ」

「本当なんだって。佳樹が俺に秘密で週末にデートを――」

言いかけた俺の口に、八奈見がチョコを押しこんでくる。

口の中に広がるカシスの甘酸っぱい味。

「落ち着いた？　はい、お茶も淹れたよ」

「ありがと。……だよな、本当に勉強会かもしれないし」

うん、きっとそうだ。なんだかそんな気がしてきた。

「やっぱさっきのは俺の見間違いだよな」

「うん、そうだよ」

優しく頷く八奈見。

「佳樹はまだ中二だもんな。彼氏やデートなんて早すぎるって」

「うんうん、そうそう」

「だよな。そもそも佳樹に好きな人なんて早いって。うちの佳樹はそういうのとは無縁で、生徒会活動に精を出す真面目な中学生だし。小鞠や八奈見さんは少し恋愛脳なんじゃないかな」

俺がうんうんと頷いていると、

「…………ウザ」

八奈見が低い声で呟いた。

「え？　なんか言った？」

「やっぱ違うよ温水君、デートに決まってんじゃん。うん、デートデート」

いきなり敵に回った。

「でもカレンダーには勉強会って書いてあるだろ」

ドサリと椅子に座ると、これ見よがしに足を組む八奈見。

「勉強会はカモフラージュだね。妹ちゃん、橘君って子と豊川稲荷にデートに行くんだよ。バレンタインデーをひかえて、最後の意思確認だね」

「……いや、さっきのは俺の幻覚だ。デートなんてありえない」

いまとなっては証拠は俺の頭の中にしかない。論破不能な完全理論だ。

「幻覚だとしてもさ。妹ちゃんモテるんだし、誰かとデートしてもおかしくないよね？」

早くも論破された。

「いつかはそんな日が来るかもだけど。俺が見た幻覚と偶然同じ日と場所でデートするなんてあり得ないだろ？　それに佳樹(かじゅ)は八奈見(やなみ)さんと違って真面目だから、俺に黙ってデートなんてしないって」

ピクリ。八奈見の眉が上がる。

「へーえ……そうまで言うなら勝負しようか」

勝負？　戸惑う俺を八奈見が挑発的に睨(にら)んでくる。

「土曜日だよね。妹ちゃんがデートしてたら私の勝ち。してなければ温水(ぬくみず)君の勝ちってのはどう？」

「勝負は構わないけど、どうやって判定するんだ？」

「デート場所は豊川稲荷(とよかわいなり)でしょ。その日はテストも終わってるし、うちらも行けばいいじゃん」

なるほど、実際に見て確認しようというのか。

「……よし分かった。でもきっと佳樹はいないし、俺の勝ちは揺るがないぞ」

「ほう、ずいぶんな自信だね」

挑発的な俺の言葉に、八奈見が唇の端をニイ、と上げる。

「じゃあこういうのはどう？　豊川稲荷の門前町って、食べ歩きグルメがたくさんあるの。負けた方がそこでの食事代を全部払う」

「まあそのくらいなら――」

オゴると言っても、しょせん食べ歩きだ。俺なら稲荷ずしの1、2個も食べれば満足――。

「ちょっと待って。それって俺が不利すぎない？」

「だって温水君はデートじゃないって信じてるんでしょ？　私はデートだと思ってるし、条件はイーブンだよ。むしろ妹ちゃんを見逃す可能性を考えれば、私が不利なくらいだよ」

「……そうか、確かに条件はイーブンだな」

俺が納得すると、八奈見は鼻歌まじりでテスト勉強を再開する。

「あのね、創作稲荷の店があって、種類がすごくたくさんあるの。でも稲荷ずしって一口で食べられるから、全種類いけるんじゃないかなって。あ、温水君も世界史の過去問いる？」

「ええと、せっかくだから見せてもらおうかな」

過去問のプリントを受け取りながらも、俺の頭を疑問がよぎる。

……あれ、なんかおかしくないか。この勝負、本当にイーブンなのか。

「あの、八奈見さん。やっぱ妹を付け回すのは」

「そういえば温水君。これ、君の分だよ」

八奈見は俺の言葉を遮ると巻き寿司を差し出してきた。

「でも俺、お腹空いて――」

「週末、晴れるといいね」

その笑顔に、俺は黙って巻き寿司を食べる他なかった。壁に向かって。

長かった学年末テストも終わり、土曜日の朝。

佳樹は玄関の姿見の前でクルリと回ると、コートの襟をポンポンと叩いて整える。

今日の佳樹は、白いふわふわでフチどられた薄茶色のコートとショートブーツを身にまとい、髪には花飾りをつけている。

友達との勉強会――にしては、気合の入った格好だ。

見守る俺に気付いたか、佳樹は俺に向かってニコリと微笑む。

「お兄様、お昼ご飯は冷蔵庫に入っています。温め直して食べてくださいね」

「ああ分かった。車には気をつけるんだぞ」

一瞬の間。なでられ待ちだと気付いた俺は、佳樹の頭をよしよしとなでる。

「えへへ、それじゃ行ってきますね」

手を振りながら佳樹が出ていくのを確認すると腕時計をチラリと見る。

朝10時ジャスト。俺はスマホを取り出して電話をかける。

……2コール。スマホの向こう側の人物は、待ち構えていたかのように通話に出た。

『温水君、首尾はどう？』

流れてきた八奈見の声は、いつになく真剣だ。俺も思わず表情を引き締める。

「ああ、佳樹は予定通り出かけたぞ。オシャレしてたけど様子はいつも通りだ。やっぱりデートじゃなくて勉強会じゃないのか？」

『妹ちゃん、カバンはどんなの持ってた？』

八奈見がそんなことを聞いてくる。

「肩から小さなハンドバッグを下げてたけど」

『それって勉強会じゃないよね。勉強道具、持ってないじゃん』

……八奈見なのに鋭いな。俺が必死に現実から目を逸らそうとしているのに。

「確かにそうかもしれないけどさ。友達と遊びに行くだけかもしれないだろ」

俺の力ない抵抗も、八奈見は意に介さない。

『かもね。それを確かめるのが目的でしょ？　さ、出かける準備して』

「わざわざ二人で行かなくても、俺一人でいいんじゃないか？」

『一人で行って、妹ちゃんと鉢合わせたらなんて言うのさ』

「う……」

言葉に詰まる俺に、八奈見の浮かれた声が追い打ちをかける。

『さあ、勝負といこうか温水君』

腕時計のデジタル表示は11時過ぎを指している。

一足先に豊川駅を出た俺は、冷たい風に身を震わせた。東三河の冬は乾燥した西風が強い。

「……マフラーしてくればよかったな」

思わず口からもれる。クリスマスの日、天愛星さんからもらったマフラー。

着けてこなかったのはなんとなく、い、いや、なんとなくで――。

「寒っ！　温水君、なんで先に行くのよ」

コートの前をかき合わせながら、八奈見が駅舎の階段を下りてきた。そして俺の隣に並ぶと肘で軽く突いてくる。

「だって改札前の地図かなんか見てたから、邪魔しちゃ悪いかなって」

「これから行くんだし、普通一緒に見ない？　冷たくない？」

八奈見が背中をベシベシ叩いてくる。

ああもう、やっぱ一人で来ればよかった……。

「ゴメンって。寒いから早く行こう。ほら、あっちじゃないかな」

俺は会話を適当に切り上げると、キツネの銅像群の向こう側を指差す。

そこには『豊川いなり表参道』と書かれた、鳥居をかたどった商店街の門がある。

門をくぐろうとすると、八奈見がビシリと俺を指差す。

「温水君、覚悟はいい？　勝負はもう始まってるからね」

「ああ、佳樹(かじゅ)がデートをしてたら八奈見さんの勝ち。してなかったら俺の勝ちだよな」

改めて通りに入ると、週末だけあって参拝客が多い。

無意識にカップルを目で追っているのに気付いて苦笑いする。

……心配のし過ぎだ。お兄様っ子の佳樹が男とデートなんてありえない。八奈見には悪いがこの勝負、勝ち確ってやつだな。

自分に言い聞かせながら歩く俺に、八奈見が話しかけてきた。

「ねえねえ、温水君。さっきの書店、なんでお面をあんなに飾ってたんだろ」

振り向こうとする俺の腕を、八奈見が強引に引っ張る。今度はなんだ。

「それより見て、この薬局看板が可愛(かわい)いよ！　はい、写真撮って！」

なんかこいつ、今日はやけに浮かれてる。正直面倒だな……。

八奈見がポーズをとっているので、仕方なく写真を撮る。

「上手に撮れた？」

うん、看板はキレイに撮れている。八奈見は見切れてるけど。

「バッチリだ。後で送るから早く行こう」

通りも終わりに近付くにつれ、段々と人が増えていく。これ、佳樹がいても見過ごすんじゃなかろうか。

前言撤回。いるわけないと思っていても、やっぱり不安になってきたな……。

「ねえ、八奈見さん。もう少し先に――」

隣に八奈見の姿がない。あれ、あいつどこ行った。

辺りを見回すと、八奈見が両手にせんべいを持って走り寄ってくる。

「はい、これ温水君の分。焼きたてだよ」

思わず受けとったけど、このせんべいデカいな。佳樹の顔くらいありそうだぞ。

「なんで俺の分まで」

「今日は食べ歩きするって言ったじゃん。それ早く食べちゃわないと、次のが持てないよ」

そうなんだ。できれば俺の分は事前に相談して欲しい。

ボリボリとせんべいを食う八奈見は、早くも食べ終わりそうだ。

「そういえば今日、小鞠と焼塩は誘わなかったのか？」

「なに、私と二人は嫌なの？」

せんべいを食べ切った八奈見がジロリと睨んでくる。こいつ、鋭い。

「昨日でテストも終わったし。打ち上げ代わりにみんなで来ても良かったかなって」

「四人で動いたら目立つじゃん。妹ちゃんに見られたら逃げられちゃうでしょ」

八奈見は指先に髪をクルクルと巻き付けながら、照れたように言う。

「それにさ。今日ここに来るの、すごく楽しみにしてたんだよね」

「え、それって」

八奈見が俺とのお出かけを楽しみにしてたって……コト？

動揺する俺に向かって、八奈見はコクリと頷く。

「うん、実は――豊川稲荷の別院が東京の赤坂にあるんだけど。そこが『縁切り』のパワースポットなんだよ」

なんか物騒な単語が聞こえてきた。

「待って、なんの話？　縁切り？」

「だからご利益の話だって。こっちは本部みたいなものだから、効果も高い気がするんだよね」

お寺ってそんな仕組みだっけ。

「えーと、念のため聞いておくけど。切りたい縁があるってこと？　ちなみに場合によっては答えなくてもいいです」

「…………さあ？」

八奈見（やなみ）はニコリと微笑（ほほえ）んで、創作いなり寿司の店に向かう。怖い。

怖いので、通りを行きかう参拝客を眺める。

年配の団体や親子連れだけでなく、若いカップルの姿も多い。

……今朝の佳樹（かじゅ）は上機嫌で、母親にマニキュアを塗ってもらっていた。

化粧まではしてなかったが、念入りに身支度をしていたのはさすがの俺でも分かる——。

「あれ、八奈見さん？」

気がつけばまた姿が見えないし、あいつどこ行った。

仕方ないからせんべいをかじって待つことにする。

焼きたてのせんべいは初めて食ったが、香ばしい上に熱々で予想を超えて美味（うま）い。

……けどデカいな。

八奈見は紙でも食うように飲みこんでたのに、俺にとってはひと仕事だ。

ようやく食べ終えたころ、八奈見が両手一杯に荷物を抱えて戻ってきた。

しかも竹に刺さったちくわを横向きにくわえてる。まるで昔のアニメに出てくるノラ犬だ。

「むむむくぬん、ほへほって」

なに言ってんだか分からんが、あごをクイクイと前に出す仕草からすると、口のちくわを取れということらしい。

やむを得ずその通りにすると、八奈見はホッとしたように息をつく。

「ふー、やれやれだよ。温水（ぬくみず）君がボーッとしてるから、君の分も買ってきてあげたんだからね」

そんなこと頼んでないが。

「なんかずいぶんあるけど、それいまから食べるの？　全部？」

「だよ。食べ歩きって言ったじゃん」

一体どこまで歩く気だ。

「色々あるんだよ。わらび餅に焼きいなり、いなりつくねと――これがおきつねバーガー」

「おきつねバーガー？」

見ると、パンの代わりに油揚げでカツを挟んだバーガーだ。

揚げ物を揚げ物ではさむとか、肉巻きおにぎりと並んで八奈見のために存在するようなメニューだな……。

「それとこれ、10種類の創作いなり寿司が入ってるの。半分こしようと思って」

えーと、これかな。俺は食べ物の山から折り詰めを取り上げる。

「5個しか入ってないけど」

「うん、美味（おい）しかったよ」

すでに半分こ済みだった。

「さあ温水(ぬくみず)君も遠慮しないで。さっきのちくわ食べていいよ」

え、これ俺に食わせるつもりだったの？　くわえてたやつを？

「いや、悪いからいいよ。はい、八奈見(やなみ)さんお食べ」

俺は八奈見の口元にちくわを差し出す。

「あ、ちゃんと横向きにして。もうちょい上。はいストップ」

八奈見は竹に刺さったちくわを、とうもろこしでも食べるようにカシカシと食べ始める。

昔、小学校にいたニワトリみたいで、ちょっと楽しいな……。

とはいえ、通りの真ん中でこんなことしてると、ヤバイ人だと思われるぞ。なんか周りの人に見られてるし。

「八奈見さん。食べ歩きもいいけど、早く参拝に行こうよ」

「んじゃ、さっさと食べきらないとね。さ、温水君も頑張ろ」

八奈見は口元にちくわの欠片(かけら)を付けたまま、ニカリと笑う。

……あ、やっぱ俺も食べるのね。

本殿へと続く石畳の参道。八奈見は見上げながら大きな石造りの鳥居をくぐる。

「ほへー、でっかいね。さすが三河屈指の神社だ」

「八奈見さん、豊川稲荷ってお寺だよ」

「……マジで？」

「マジで」

知らなかったのか。縁切りに関しては詳しいのに。

「それじゃ、お賽銭はなくてもＯＫ？」

「いや、それはいる」

どうしてそう思った。

そんなやくたいもない会話をかわしつつ、本殿の賽銭箱にお金を入れて手を合わせる。


――家内安全。


物心ついたころから、願いはこれと決めている。

ふと隣を見ると、八奈見が目をつぶってブツブツとなにか呟いている。

やけに真剣だな。なにを願っているのかな……気になるけど知りたくないな……。

八奈見はようやく呪い――ではなく、願い終えたのか。満足げに目を開く。

「八奈見さんはなにを願ったの？　もちろん場合によっては答えなくていいけど」

「………さあ？」

小首をかしげると、クルリと踵を返す八奈見。……よし、この話題はこれまでだ。

俺は本殿の階段の上から、広い境内を見回す。目をこらすが、佳樹とおぼしき人影はない。

「どしたの、温水君。急に挙動不審になって」

「そもそも佳樹がデートしてるかどうか確かめに来たんだし。こんなところで油売ってる場合じゃないだろ」

八奈見は面白がるような表情で俺の顔をのぞきこむ。

「へえ、妹ちゃんがデートするわけないとか言ってたのに。やっぱ不安になってきた？」

「万が一というか、もし本当だったら現場を確認しないとだろ？　デートなんて佳樹にはまだ早いって」

八奈見がヤレヤレと肩をすくめる。

「あのね、デートってそんな構えるものじゃないの。温水君、全然分かってないなー」

生まれてこのかた彼氏のいないやつに言われた。

「じゃあデートってどんなものなんだ」

「簡単だよ。男女が同じ時間を過ごして同じものを見て。どう感じるかどう思うか。それをお互いに確認するのがデートだよ」

軽い足取りで階段を下りる八奈見。俺はその後を付いていく。

「そんなこと一緒に出かけたくらいで分かるのか……？」

「そんなもんだよ、温水君。ただ一緒に歩くだけでも、歩幅の合わせかたとかリズムで相手と合う合わないが分かるんだって」

階段を下り切った八奈見が急に止まり、俺は慌ててその背中を避ける。

「えーと、男は車道側を歩くとかそういう話？」

「そういうのとはちょっと違うかな。まあ、いつだって気遣いは大切だよ？」

八奈見はなぜか咎(とが)めるような視線を向けてくる。

「あーでも、川崎(かわさき)ちゃんとか俺様系が好みだし、歩幅合わせてくれるような人は好みじゃないんだよ。だから人それぞれかな」

誰だ川崎ちゃんって。知らんがその子、俺様系が好きなのか……。

まだ見ぬ川崎ちゃんを思いながら歩いてると、八奈見がグイと俺の手を引っ張る。

「ほら、霊狐塚(れいこづか)だって！　行ってみようよ！」

霊狐塚——確か奉納されたキツネの像が並んでるんだよな。

「いいけど、ちょっと引っ張らないでって」

八奈見に促(うなが)されるまま、塚に通じる小道を進む。

偶然なのか周りに他の参拝客はいない。

小道の両脇には無数のノボリが立っていて、異世界に連れて行かれるような、そんな不思議な感覚が俺を包む。

……ふと、隣を歩く八奈見の横顔を眺める。

八奈見杏菜。いつもこんなんだから忘れがちだが、相当可愛いしモテる女子だ。

こいつが幼馴染の袴田草介に振られた現実逃避で、文芸部に出入りし始めたのは知っている。

だけど最近は袴田や姫宮さんともよく一緒にいるし、逃げ場としての文芸部の役割はすでに終えている。

じゃあなぜ八奈見はこんな地味な部活に残った上に、佳樹のために貴重な休日まで――。

「ねえ、どうしたの温水君？」

「へ？」

声をかけられて、八奈見を無意識に見つめていたことに気付く。

反対に俺の顔をのぞきこんでくる八奈見。

「私に見とれるのは分かるけどさ、少し見すぎじゃない？」

「は？　いや違うって、ちょっと横顔を眺めてただけで――」

あれ、俺いまなに言った。八奈見の顔にニタリと悪い笑みが広がる。

「……へえ、私の横顔見てたんだ」

「え、いや、いまのは」

「この角度でいい？　髪とか後ろでまとめてみようか？　どう？」

ここぞとばかりに横顔を見せつけてくる八奈見。

……畜生、高校生活最大の失言だ。

本当に違うんだ。猫動画を眺める感じでなんとなく見てただけで、八奈見に見とれていたわけじゃない。そもそも俺は犬派だし——ああもう八奈見、肩をぶつけてくるなって。

俺は逃げるように足を速めると、小道の終点に飛びこんだ。

——霊狐塚。奥に鎮座する祠の周りを、千を超えるキツネの石像が囲んでいる。願いがかなった人が、奉納したものだ。

その光景に圧倒されていると、八奈見が口を半開きにして俺の隣に並ぶ。

「うっわ、沢山あるね。手分けして数えよっか。温水君は左からだよ」

「え、数えないよ」

「あ! あのキツネ、温水君に似てない? ほら、そこから数えて25番目のやつ」

「そんなこと言われたって数えないから」

まったく、そんなことで俺が流されると思ったら大間違いだ。そもそも見渡す限りキツネ像が並んでいるのに、どこかを起点に数えるのは無理がある。

それはそうと、俺に似てるってあのキツネかな。その隣もシュッとしていてクールな感じだ。

俺は八奈見に小声でたずねる。

「……で、どこから数えて25番目?」

◇

表参道に戻った俺は、まんじゅう屋の店内でベンチにぐったりと腰かけていた。

キツネ像に名前を付けようとする八奈見を止めたり、鯉（こい）にエサをあげる八奈見を監視したりと結構忙しかったのだ。

「温水君、いくら私だって鯉のエサは食べないからね？」

八奈見は『宝珠（ほうじゅ）まんじゅう』と書かれた包みを一つ俺に手渡すと、隣にドサリと腰かける。

この人、また勝手に俺の分を買ってきたぞ……。

「じゃあなんでスマホで『鯉のエサ』、『食べても大丈夫』って調べてたんだ」

「鯉ってメッチャ美味（おい）しそうにエサを食べるじゃん。どんな味するのか、温水君も気になるよね？」

気にならないし、同意を求めるな。

「それより八奈見さん、まだ食べるの？　参拝する前に散々食べただろ」

「あれは食べ歩きでしょ。今は座ってるから別枠だよ」

まんじゅうの包みを開くと、パクリとかじりつく八奈見。

確かに八奈見ならまんじゅうの1個くらい誤差だ。さっきは八奈見本気の『食べ歩き』に、海外の観光客が拍手したくらいだし。

　ボンヤリと視線を送ると、店のすぐ外は通りになっていて、多くの参拝客が行きかっている。

その中に佳樹の姿を探していた俺は、次第にあきらめて視界に人込みが流れるに任せていた。

……俺はどうしたかったのだろうか。

　こんな不確かな情報に振り回されて、遠くまで来て。

　佳樹が仮にこの場にいたとしても、こんな探し方じゃ見つからなくて当然だ。

「……結局、佳樹はいなかったな」

　ポツリ、口からもれる。

「だね、妹ちゃんいなかったね」

　八奈見も確かめるように口にする。

　その口調にようやく気付いた。八奈見は今日、俺のために一緒に来てくれた。

　なにかを受け入れ、自分の中で飲みこむのは簡単なことじゃない。

　頭で理解するだけじゃなく、少しずつ自分の中で消化していくには時間が必要だ。

　だから八奈見は心配するだけでなく、先輩として俺に寄り添うためにわざわざここにいるのだろう。

　八奈見はまんじゅうを飲みこんで静かに話し出す。

「今まで自分が相手の一番だったのが、そうじゃなくなるのってさ。慣れるまでに時間がかかるよね」

「そういうもんかな……」

「うん。相手の一番は変わっても、自分の一番がすぐに変わるわけじゃないから」

八奈見は少し困ったような、寂しそうな笑みを浮かべる。

うぬぼれを承知で言えば、これまで佳樹の一番は俺だった。


──いつかは佳樹に他の一番ができる。


分かっていたはずだったが、そのいつかが今だという覚悟はなかった。

八奈見も、袴田が姫宮さんと付き合い始めて同じ思いを──。

いや待てよ。そもそも八奈見って相手の一番だったのかな……違うかもな……でもまあ、結果は同じことか……。

つらつらとそんなことを考えていると、

「──ねえ、それ食べないの?」

俺のまんじゅうを見ながら、いつもの明るい口調に戻った八奈見が聞いてくる。

「さっきせんべい食べたし、お腹空いてなくてさ」

八奈見が不思議議そうな顔をする。

「おせんべいって薄いし、食べたうちに入らないでしょ？　海苔も低カロリーだから、私に言わせれば実質ノンカロリーだし」

　その八奈見理論、正しいのだろうか。俺は間違っていると思う。

　無言でまんじゅうを差し出すと、笑顔で受け取る八奈見。

「温水君、身体も細いしもっと食べた方がいいよ。そういえば体重どのくらいなの？」

　体重？　そういえばあんまり気にしたことなかったな。

「確か……前に量った時は５２ｋｇだったかな」

「えっ」

　八奈見が「えっ」と言った。

　包みを開ける手を止めて、そのままジッと黙りこむ八奈見。

　どうしたんだろ。俺、なにか変なこと言ったかな……。

「八奈見さん、どうかした？　俺の体重になにか問題が――」

「どうもしないし！　ほら、さっき撮った写真ちょうだい！」

　ええ……なんでこいつ、いきなり切れ気味なんだ。

　写真って、ここの通りで薬局の看板を撮ったやつだよな。

　俺はスマホを取り出すと、画像フォルダを開く。

　あの後は写真撮ってないし、最新の写真を送れば――。

「……あれ？」

なぜかフォルダに見知らぬ写真が。

「ん？　どしたの温水君」

八奈見は俺のスマホをのぞきこむと、不思議そうに首を傾げる。

「……温水君、この写真いつの間に撮ったの？」

八奈見が不思議そうに言うのも仕方ない。

画像フォルダには、せんべいを手に通りを歩く俺と八奈見の写真。

バーガーを食べる姿や、八奈見にちくわを食わせる場面――そして鯉にエサをあげるシーンまで入っている。

「俺も写真に入っているんだから、撮ったのは俺じゃないって」

「じゃあなんで温水君のスマホに写真が入ってるの？」

心当たり――というか、そんなことができるのは一人しかいない。

スマホのアプリやフォルダを共有していて、俺がここに来るかもしれないことを知っている人物。

スマホの画面をのぞきこむ俺たちの眼前で、写真がまた一枚アップロードされた。

「っ?!」

俺は慌てて立ち上がる。

その写真に写っていたのは、店内のベンチに並んで腰掛ける一組の男女。

──たったいまの俺と八奈見だ。

その日の夕方。

俺は我が家の湯船に肩まで浸かると、大きく溜息をついた。

「今日は疲れた……」

天井から落ちる水滴を眺めながら、昼間の出来事を思い返す。

──スマホに隠し撮り写真が届いた直後。

俺と八奈見は店を飛び出したが、佳樹の姿は見つけられなかった。

佳樹があの場に来ていたのは間違いない。

つまりカレンダーに入っていた『橘君と豊川稲荷にお出かけ♡』という予定は、俺の妄想ではなかったということだ。

「ま、勝負は引き分けになったけどな」

結局、それがデートだったかどうかは判明しなかったし。

引き分けなので食事代は割り勘ということになったが、妥当な落しどころ――。

……

…………あれ？　本当にそうか？

雰囲気で八奈見の言う通りにしたが、ひょっとして俺、だまされてないか……？

疑心暗鬼におちいっていると、ゆらりと扉のすりガラスに黒い影が浮かんだ。

「――佳樹？」

思わず湯船から身体（からだ）を起こす。

「お兄様、お湯加減はいかがですか」

聞き慣れた明るい佳樹の声。

俺は再び湯船に身体を沈める。

「ああ、ちょうどいいよ。えっと、お兄ちゃんになにか用か？」

「シャンプーを切らしていたのでお持ちしました。失礼しますね」

キイ……。

きしむ音をさせながら、ゆっくりと扉が開く。

佳樹の小さな手だけが中に入り、トンとシャンプーを浴室の床に置く。

すぐに手は引き戻されたが、少しだけ開いた扉は閉じる気配はない。

「ありがと佳樹。あとはこっちでしとくから、もう戻っていいぞ」

返事はない。

すりガラスの向こう側、佳樹が身じろぎもせずに立っている。

沈黙に耐え切れず口を開こうとした矢先、佳樹がいつも通りの口調で話し出す。

「今日の昼間、どこかにお出かけしてたんですか?」

え? なんでそんな質問を。佳樹が写真を撮った本人だよな。

いくらなんでも、佳樹がノータッチなことはありえないだろ……?

俺は迷いながら口を開く。

「えっと、友達と出かけてさ。なんでそんなことを聞くんだ?」

「冷蔵庫のお昼ご飯、手つかずでしたから。どうしたのかなって」

……すっかり忘れてた。

帰り際、なぜか八奈見が俺に色々食わせてきたから、全く腹が減ってなかったんだよな……。

「ちょっと出先で食べたから。佳樹こそ、どこに行ってたんだ?」

何気ない口調で尋ねる。

一瞬の間。佳樹は俺以上に何気なく答える。

「——お友達と勉強会をしてました」

今度は俺が黙りこむ。

ゆらり。すりガラスの向こう側で佳樹の長い髪が揺れる。

「夕飯はお兄様の好きなお稲荷(いなり)さんです。お疲れのようでしたから、少し甘めにしました」

キィイ……。

再びきしむ音をたて、ゆっくりと扉が閉まっていく。

「ごゆっくり――お兄様」

Intermission　生徒会役員共

放課後の生徒会室。

副会長の馬剃天愛星が、扉を勢いよく開けた。

「会長、聞いてください！」

天愛星は会長の座る机にまっすぐ歩み寄ると、両手をドンと突く。

ツワブキ高校生徒会長——放虎原ひばり。彼女は机から目を上げると、鷹揚な態度で首を傾げる。

「どうした、そんなに血相を変えて」

天愛星は顔を赤くして会長に詰め寄る。

「志喜屋先輩がまた私のブ——ホックを外したんです！　しかも男子の前で！」

放虎原は苦笑いをしながら参考書を閉じる。

この訴えは今年に入ってからだけでも3度目だ。

彼女が口を開こうとした刹那、天愛星の背後に黒い影が現れた。

生徒会書記——志喜屋夢子。彼女は天愛星に腕を回すと、ぐたりと身体を預ける。

「サイズ合わない……良くない……」

「サ、サイズは問題ありません！　じきにピッタリになりますので！」

「せっかくの……形……崩れちゃうよ……？」

「崩れませんっ！　なにがとは言いませんけど！」

二人のやり取りを見ていた放虎原は、口元の笑いを隠そうともせず手を振った。

「志喜屋、相変わらずだな。だが人前でそういうことをするのは感心しないぞ」

「うん……次から……人目に付かないとこで……する……」

「ならば良し」

頷きあう二人の先輩に天愛星が食ってかかる。

「良くありませんよねっ!?　そもそも外すこと自体が問題なんです！　会長からもなにか言ってください！」

「しかし、私が口を挟むのも野暮ではないかな」

放虎原は困ったように眉をひそめる。

「……はい？　問題行動を指摘するのに野暮もなにもないのでは」

「隠さなくてもいい。馬剃君と志喜屋はそういう仲なのだろう？」

「違いますよっ?!」

「愛の形は様々だ。私も偏見をなくすよう心がけるから、今後は気軽に相談を――」

「ですから違いますからねっ?!」

全力で否定する天愛星に向かって、志喜屋がゆっくりと首を振る。

「バレたら……仕方ない……」

「バレてません！　いえ、そもそも違うのでその逆で――って、ああもう！　どっちなんですか！」

完全にテンパった天愛星に、穏やかな声がかけられる。

「さ、みんなお茶が入ったから一休みしようか」

三人の騒動を黙って見守っていたのは、最後の生徒会役員――会計の1年生、桜井弘人。

唯一の男子役員でもある彼は、ティーポットを持ち上げる。

「今日は夢子さんの好きなピーチティーだよ。新しく封を切ったんだ」

桜井君はカップを志喜屋の席に置くと、湯気の立つ紅茶を注ぐ。

「ピーチティー……好き……」

ふらふらとお茶に引き寄せられる志喜屋。

「馬剃ちゃんも少し休もうか。さ、座ってお茶をどうぞ」

「はい、さすがに少し疲れました……」

額に手を当て、ぐたりと椅子に座る天愛星。

それを確認すると、桜井君は小皿を皆に配り始める。

「差し入れのチョコもあるからどうぞ。手作りらしいよ」

「ほう、手作りか。誰からだ？」

放虎原（ほうこばる）は興味深げにチョコを眺める。

桜井君は会長のカップにお茶を注ぎながら、柔らかな笑顔で答える。

「文芸部の温水（ぬくみず）君は知ってるよね。彼からもらったんだ」

「はっ?!」

ガチャン。天愛星がカップを取り落とす。

「馬剃ちゃん、大丈夫？」

桜井君が慌てて駆け寄る。

天愛星は勢いよく立ち上がると、差し出されたハンカチを無視して桜井君の手首を強く握る。

「温水さんからチョコをもらったんですか?!　桜井君が？」

「そ、そうだけど。去年の学校見学会の資料をあげたら、お礼にって」

「あの人……会長だけでは飽き足らず、桜井君も毒牙（どくが）にかけようと……？」

桜井君の腕を強く握ったまま、天愛星は低く呟（つぶや）く。

「……なんの話？」

「桜井君、チョコをもらった時の話を詳しく――っ！」

天愛星は突然、両手で鼻を押さえた。

「あれ、馬剃ちゃんどうしたの？」

天愛星（てぃあら）は天井を見上げると、ゆっくりと首を振る。

「いえ、あの。興奮し過ぎて……鼻血が……」

「……なんで？」

戸惑いまくる桜井（さくらい）君の前、いつの間にかそこにいた志喜屋（しきや）が天愛星の肩に手を回す。

「いけない……静かなところで……休もう……」

「あ、はい。すみません、隅のソファで休ませて――って、なんで部屋の外に出るんですか？　志喜屋先輩？　私どこに連れていかれるんですかっ?!」

「大丈夫……なにもしない……ホントだよ……」

「なにもしないならなぜ外に――」

ピシャリ。生徒会室の扉が閉まる。

黙ってそれを見送った桜井君は、深く長い溜息をつく。

「ひば姉（ねえ）、仕方ないから僕らは先にお茶を」

振り向くと、放虎原（ほうこばる）はティーポットの取っ手を持ち、困ったように立ち尽くしている。

彼女の手にあるのはポットの取っ手のみ。粉々になったポットとお茶が床一面に広がっている。

「弘人（ひろと）の分を注ごうとしたら、ポットの取っ手が取れたんだ。なにもしてないのに」

「ケガはない？　いいよ、僕が片付けるから座ってて」

?
?
ツワブキ高校
馬剃天愛星

桜井君は胃の辺りをそっと押さえながら、しゃがんでポットの欠片を拾い集める。

ツワブキ高校生徒会。

こう見えて優秀との評判だが、それを支える4人目の存在は——まだあまり知られていない。

～2敗目～　全速力で後ろ向き

週が明け、月曜日の授業は1限から体育。しかも持久走だ。

学校の外周を走っていると、朝の冷たい空気が渇いた喉を刺してくる。

俺は早くも疲れて足を緩めた。

これを3周するのはキツイぞ。上手いこと周回遅れになって1周ごまかせないかな……。

集団の後方をダラダラ走っていると、フッと——夏の香りがした。

冬の路上ではありえない感覚。戸惑っている俺の隣に、小麦色の影が並んだ。

「ぬっくん、もうバテたの？」

——焼塩檸檬。

持久走と聞いてテンションがガン上がり。朝から体操服姿だった異常者だ。

それを甘夏先生に怒られて、教室で制服に着替え始めてやっぱり女友達に叱られてた。

「ほら、まだ1限だから体力を温存しないと。朝から持久走はキツくない？」

「えー、朝から走れるなんて最高じゃん。ほら、もっとペース上げて！」

焼塩は俺の背後に回ると、背中をグイグイ押してくる。やめて。

「女子のコースはグラウンドだろ。どうして男子コースを走ってるんだよ」

「とっくにゴールしたよ。物足りないから男子コース走らせてって先生に頼んだの」

相変わらず無駄に元気だ。

呆(あき)れつつも感心していると、焼塩(やきしお)が俺を押す手を緩(ゆる)めて身体(からだ)を寄せてくる。

「八奈(やな)ちゃんに聞いたよ。妹さんに彼氏できたんだって？」

……八奈見(やなみ)のやつ口が軽い。

「いやまだ疑惑の段階だって。俺に言わせれば観測されないうちは存在しないも同様だし、つまり妹に彼氏はいないと同義なんじゃないかと——」

いやこれ、走りながら話すのキツイな……。

それ以上言葉が続かず息を切らせていると、焼塩が俺の前に回って顔をのぞきこんでくる。

「ぬっくん、難しいこと言うね。つまり観測すれば妹さんに彼氏ができるってこと？」

「彼氏が……いるかどうか……分かるって、とこかな」

切れ切れになんとか答えると、焼塩が当然とばかりに言う。

「じゃあ、観測すればいいじゃん」

え？　どういうことだ。

酸素の足りない脳で考えていると、焼塩が言葉を続ける。

「追試の一環として『社会貢献活動』のレポート書かなくちゃいけなくてさ」

「テストに……そんなの……あったっけ……？」

「普通に追試しても追い付かないから、裏技的なアレなんだって。甘夏ちゃんに『色々ヤバいから誰にも言うな』って釘さされたから秘密だよ」

それ、俺にも言っちゃ駄目なんじゃないかな……。

「それが……なんの関係が？」

「観測の話だって。桃園中の陸上部に、練習を見てくれって頼まれててさ。ちょうどいいから、それをレポートにしようかなって」

市立桃園中学校。俺と焼塩の母校で、佳樹が在学中だ。

「つまり……俺も……」

「そ、ついてきて彼氏さんの情報を探ればいいじゃん。妹さん、部活とかはしてないの？」

「生徒……会……」

ヤバイ、そろそろ走りながら話すのは限界だ。

足元がおぼつかなくなってきたぞ……。

「へえ、妹さん生徒会に入ってるんだ。んじゃ、桃園中の先生に話しとくね！」

焼塩は俺の背中をバンと叩くと一気に足を速める。

見る間に遠ざかる背中を見ながら——俺はあきらめて歩き始めた。

◇

その日の晩。俺は我が家のキッチンで鍋をかき混ぜていた。

両親と佳樹の帰りが遅くなるので、俺が夕飯を作ることになったのだ。

コンロのスイッチを切り、カレールーを割り入れる。

形を失っていくルーをぼんやり眺めていると、リビングの扉が開いた。

「お兄様、ただいまです」

寒さに頬を赤くしながら、佳樹が部屋に入ってくる。

「おかえり、今日は遅かったな」

「はい、卒業生を送り出す準備で生徒会の仕事が忙しくて」

佳樹はトテトテと近寄ってくると、俺の後ろから抱きついてくる。

「こら、料理中にはやめなさい」

「ダメです。佳樹のお兄様バッテリーが0%なんです」

そう言って背中に顔をギュッと押しつけてくる。

……やれやれ、こんなところは変わらないな。

だけどこんな甘えん坊の佳樹が、俺に隠しゴトをするようになった。

いつかはこんな日が来るとは思っていたが――。

「はい充電完了、元気になりました。お兄様、今日はカレーですね」

佳樹は俺から身体を離すと、冷蔵庫を開ける。

「じゃあ佳樹がサラダを作りますね。豆苗、サラダで使っちゃいましょうか」

佳樹はいつも通りの明るさだ。

弱火でカレーをかき混ぜながら、俺はさりげない口調で話しかける。

「あー、そういえば佳樹は生徒会の庶務だったよな」

「先月から副会長になりました。桃園は年明けから新しい任期が始まりますよね？」

……そうだっけ。おぼろげな記憶を掘り起こしていると、佳樹がむくれ顔をする。

「お兄様も去年まで桃園中だったじゃないですか。佳樹との甘い学園生活、もう忘れちゃったんですか？」

甘いというか、押しかけてくる佳樹から逃げ回っていた記憶ばかりあるのだが……。

「いや俺、帰宅部で生徒会とは接点なかったし。佳樹が副会長なら、会長ってどんな人なんだ？」

「同じクラスの河合君という人です。お兄様、それがどうかしましたか」

「あ、いや、ちょっと気になって」

……ふむ、会長が『橘君』ではなかったか。でも生徒会って他にも役員がいるよな。橘君が生徒会の可能性は残るが、クラスメイトの線も捨てきれないし――。

「お兄様、火を少し弱めた方がいいですよ」

忘れてた。俺はコンロを弱火にする。

鼻歌まじりにレタスを洗う佳樹の様子を横目でうかがう。

「それじゃ生徒会の仕事で、しばらく帰りは遅いのか？」

「今週いっぱいはそうですね。このくらいの時間になりそうです」

「ふうん、そうか」

俺は鍋の底からゆっくりとカレーをかき混ぜる。

——明日の放課後、焼塩と一緒に桃園中学に行くことになった。

今日の佳樹の帰宅は7時前。

明日も同じくらいだと考えれば、充分に学校での佳樹を観察することができる。

「……お兄様、ひょっとして佳樹が遅くてさびしいんですか？」

「へ？」

佳樹はえへへと笑うと、俺の腕に頭をグリグリしてくる。

「愛されすぎるのも困りものですね。佳樹もお兄様と会えなくてさみしいですよ？」

「こら、料理中はグリグリ禁止だぞ」

……まあ、あえて否定することもあるまい。

俺は隠し味に八丁味噌を入れると、鍋のフタを閉じる。

明日の『観測』を気取られないようにいつも通り——優しいお兄ちゃんを演じるのだ。

◇

翌日の放課後。俺は母校、桃園中学校のグラウンドにいた。

なつかしさに浸る暇もなく、焼塩の元気な声が辺りに響いた。

「みんなー、元気してたー？」

『してましたーっ！』

焼塩が拳を突き上げると、集まった女生徒の拳がそれに続く。

――桃園中学女子陸上部。こいつら焼塩並みにテンション高い。

制服姿の生徒もいるのは、きっと引退した3年生だろう。

焼塩のやつ、ちゃんと人望あったんだな……後輩たち全員面倒くさそうだけど……。

「やはり彼女の人柄ですね。焼塩さんは控えめに言って天使なんです」

俺の隣でオデコを光らせ、ウンウンと頷（うなず）いているのは朝雲千早（あさぐもちはや）。

焼塩の想い人と結ばれた才女だが、今では焼塩と親友と言ってもいいくらい仲が良い。

……それよりなんでここにいるのかな。この人、桃園中学出身じゃないはずだけど。

「えーと、朝雲さん。聞きにくいんだけどなんでここに――」

と、数十本の視線が俺に集まっているのに気付く。

陸上部の女子部員たちが、俺をジッと見つめているのだ、

「え……なに……？」

怯えて後ずさる俺の耳に、キンキンとした声が飛びこんでくる。

「先輩、あの男の人だれですか？」「彼氏ですかーっ？」「ずるーい！」「細ーい！」

うわ、中学生ってこんなにうるさかったっけ。

助けを求めるように視線を送ると、焼塩はニヤリと笑って――いきなり俺と腕を組んできた。

「ちょっ?!」

思わず逃げようとすると、焼塩はギュッと腕に力をこめてくる。

「えー、みんなどう思う？　はい、正直なところ教えて！」

黄色い歓声がドッと上がる。

「彼氏だ彼氏！」「見せつけに来たんだーっ！」「いいなーっ！」「ずるーい！」

ええ……なんだこの展開。戸惑う俺に向かって焼塩はウィンクをして腕から離れる。

「ざんねーん、彼氏じゃありません！　正解はぬっくんでした！」

なんだそれ。そんなオチ、いくら中学生でも通用しないぞ。

「ぬっくんコンチワー！」「ぬっくん彼女いますかー？」「勉強教えて！」「ぬっくん細ーい！」

笑いさざめきながら手を振ってくる女子部員たち。

通用してる。やっぱこいつら焼塩の後輩だ。

感情を殺して固まっていると、焼塩が一歩前に出る。

「よし、じゃあさっそく走ろうか！　みんな準備はできてる？」

『できてまーす！』

やれやれ、ようやく練習が始まるのか。

段取りでは、練習中に頃合いを見計らって離脱することになっている。

さりげなく下がろうとした俺に向かって、バサリと焼塩のブレザーが降ってきた。

「……え？　おい焼塩！」

俺が言うのも無理はない。焼塩はグラウンドの真ん中で、制服のリボンを外しだしたのだ。

制止を無視してリボンを外し終えると、素早くブラウスを脱ぎ捨てる。

その下には――ツワブキ陸上部のユニフォーム。

「ぬっくん、ちゃんと下に着てるって」

笑いながらスカートのファスナーに手をかける焼塩。

着てればいいってもんじゃない。

さすがに止めようとすると、朝雲さんが俺の肩をトントン叩く。

「そうだ、朝雲さんからもなにか言って――」

「はい、これも持ってください」

そう言って俺に焼塩のブラウスとリボンを渡してくる。

「え、その」

「では檸檬さん、制服は畳んであちらに置いておきますね」

朝雲さんは焼塩が脱ぎ捨てたスカートを拾うと、校庭の隅に向かって歩き出す。

「ありがとチハちゃん！　さ、みんな気合入れてくよー！」

『はーい！』

焼塩の服を抱えたまま立ち尽くしていると、朝雲さんがチョイチョイと俺を手招きする。

小走りで駆け寄ると、朝雲さんが悪戯っぽい笑みを向けてくる。

「温水さん。服を畳んだらこの場を離れましょう。大丈夫、みんな完全に私たちのことは忘れてますから」

あ、そうか。このタイミングで抜けだせばいいのか。

じゃあ焼塩はこのために、わざわざ人前で服を――いや、あれは天然だな。

ふと隣を見ると、朝雲さんは焼塩のスカートを手に、ニマニマと笑っている。

「……朝雲さん、なんか嬉しそうだね」

「だってこの学校って、光希さんの母校でしょう？　正直すごく楽しみなんです。この機会に光希さんの痕跡を隅々まで探しちゃおうかと」

ウキウキと足を速める朝雲さんの後を追う。

一人で学校を調査するより、誰か一緒の方が心強いのは確かだ。

ただ、それはそれとして。


……なんでこの人ここにいるんだろ。

◇

二階の男子トイレから廊下の様子をうかがう。

人影がないことを確認すると、俺はホッとしながら足を踏み出した。

首元のホックを少し迷ってから外し、俺は大きく深呼吸をする。

そう、俺が身に着けているのはツワブキの制服ではない。

市立桃園中学の男子制服——いわゆる学ランだ。

「すこし袖が短くなったかな……」

木を隠すなら森の中。中学時代の制服を着て潜入調査を行うのだ。

焼塩発案なのが少々不安だが、目立たないのが信条の俺にとって悪くない作戦である。

……それはそうとまだかな。

俺は視線を女子トイレの入口に送る。

と、見計らったかのようにトイレから一人の女子が現れた。

ワンピースの制服に身を包んだその子は、俺の前でクルリと回る。

「どうですか？　なんだか少し照れますね」

桃園中学の女子制服姿で現れたのは朝雲さんだ。

「うん、大丈夫。中学生で全然通用するよ」

「あら、ありがとうございます。……でもそれ、誉め言葉ではないですよ？」

オデコをキラリと光らせ、含みのある笑顔を向けてくる。

そうなのか。女性は若く見られると喜ぶって書いてあったのに、ネットもあてにならないな。

「檸檬さんの制服なので、少し裾が長いですね。ほら、袖も余ってます」

朝雲さんは両手を前に伸ばして袖をつかむ。

「あー、でも普通にしてたら分からないって」

……でもブカブカの袖ってなんかいいよな。

文芸部にも一人ブカブカ系女子がいるが、あれはなんか違うし。

浮かれ気味の朝雲さんは胸の前で両の拳をグッと握る。

「さあ、さっそく探検を始めましょう。3年4組の教室ってどこですか？」

「え？　俺の妹、2年生だけど」

「光希(みつき)さんのいた教室です。せっかくの機会なので、自分の彼氏のことをもっと知ろうかと」

この人なにしに来たんだ。つーかそもそもなんでいるんだ。

「俺は2組だったからよく分かんないって」

いや待て、2組だったのは2年生の時だったかな……。

「では3年生の教室はどこですか？」

「さあ。三階――いや、新校舎だったかな。ここって旧校舎だっけ？」

「……温水(ぬくみず)さん、本当にこの学校に通っていました？」

失礼な。ちょっと中学時代の記憶が曖昧(あいまい)なだけです。

朝雲さんは気を取り直して廊下の先を指さした。

「それでは行ってみましょう。二階が1年生の教室なので、順番的に3年生は四階ではないでしょうか」

朝雲さんはトトト、と滑るような足取りで階段に向かう。

「いいけど、この格好で知り合いに会ったら気まずいな」

「知り合い、いるんですか？」

「いないけど？」

朝雲さんは無言で頷くと、軽やかに階段を上っていく。

彼女を追って階段を上る。

三階を通りすぎて四階が近付くと、なつかしさと違和感の入り混じった感覚が俺を包む。

記憶が俺の脳裏でゆるやかに形をとっていく。

毎朝、ずっとうつむいて上った階段。

1年間めくれたままだった7段目の滑り止めは、今では綺麗に補修されている。

軽く息を切らせながら四階に上がると、誰もいない長い廊下を眺める。

夕方の弱々しい陽の光が廊下を照らしている。

まだ一年も経っていないのに、スマホの画面越しに見ているような不思議な気分だ。

「この奥が光希さんがいた教室ですね。ちょっと見てきます」

朝雲さんは瞳とオデコを輝かせ、俺を置いて走り出す。

俺はゆるゆると廊下を進み、3年2組と書かれた部屋札の下で立ち止まる。

——ここが俺のいた教室だ。

しばらく感傷に浸っていた俺の耳に、遠くから階段を上る音が聞こえてきた。

こんなところに立っていると目につくな……。

中に誰もいないのを確認してから、逃げこむように教室に入る。

窓際の後ろから3番目が俺の席だった。

少したためらってから椅子に座る。窓の外に見える市役所の庁舎は変わらないけど、あのころは普通に使っていた机が小さく感じる。

「まだ一年も経ってないんだよな……」

当時から、ここが自分の居場所でないようなそんな気がしていた。

いつも窓の外を眺めていて、クラスの連中がグラウンドの見知らぬやつらと同じくらい遠く感じていた――。

市立桃園中学3年2組、温水和彦。

これがいまの俺に与えられている仮名だ。

中学生という立場も所詮、3月までの仮初めの姿にすぎない。

だから友達がいないことを少しも気にする必要はない。ないのだ。

俺は休み時間の教室で片肘をつき、図書室で借りた本を開く。

最近はまっている『瑠璃色の王国』シリーズは、中華風の異世界に飛ばされた女子高生、涼子の冒険物語だ。

7巻から始まった第2部は、涼子が敵国の皇帝に求婚されるという急展開。正直、先が気になって仕方ない。

……涼子のやつ、ミステリアスなイケメン皇帝に優しくされたからってトキメキやがって。国で待ってるツンデレな堅物将軍のことは忘れたのか？

ジリジリしながらページをめくった瞬間、隣の席から響いてきた声が俺の手を止めた。

「ホントだって！　こう、くるくるって五回転くらいしたんだよ！」

明るい声の主は、クラスメイトの焼塩檸檬(やきしおれもん)。

日焼けした長い手足でポーズをとりながら、バレエのようにくるりと回る。

と、勢いをつけすぎた焼塩が俺の机にドシンとぶつかった。

「あちゃ、ごめんね！」

「え、いや、大丈夫……」

俺は本を閉じながらモソモソと呟(つぶや)く。

「もー、なにやってんのさ檸檬」

「ほら、こっち座って」

「え、でも――」

焼塩が申し訳なさそうな視線を向けてくるが、正直放っておいてもらいたい。俺はあくまでクラスの背景でいたいのだ。

「ホントにごめんね」

焼塩は手を合わせて謝ると、自分の席に戻る。

さあ、読書を再開しよう。再び本を開くが、なんとなく集中できない。

――焼塩檸檬。確か陸上部のキャプテンで、朝礼でよく表彰されているよな。

スポーツ万能で人気者。しかも可愛い。

俺とは対極、この先も決して交わることのない相手だ。

……それはそうと、ふざけて回ってた焼塩の姿、なにかを思い出すな。

日焼けした顔。桃園中の制服は独特のラインをしたワンピースで――。

「可愛いエリンギってところか」

思わず呟いた俺が顔を上げると、そこにはエリンギ――ではなく、焼塩の顔。

「エリンギ？」

「へっ?!　いや、あの」

言葉の出ない俺の手元を焼塩がのぞきこむ。

「温水って本読むんだね。なに読んでんの？」

「えっ？　あの、図書室で――」

「おーい、檸檬（れもん）。先行くよー」

ようやく言いかけた言葉を女子の声が塗りつぶす。

「あたしもすぐ行くー！　温水（ぬくみず）、邪魔してごめんね！」

「え、あ、はい」

……あいつ、俺の名前知ってたんだな。

焼塩（やきしお）が風のように去ると、教室はすっかり静かになった。

さあこれで読書に集中できるぞ、涼子と大陸の平和を賭けた一戦が始まるのだ。

……

…………

……………それにしても静かだな。

本から視線をあげると、教室には俺一人。

「あ、次って音楽じゃん」

俺はカバンからリコーダーを取り出すと、急ぎ足で音楽室に向かった——。

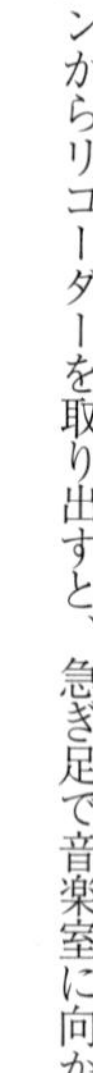

◇　◇　◇　◇

追憶にひたりながら教室を見まわす。

結局卒業まで窓の外と小説と教科書と。それだけを見て過ごしていた。

特に後悔はしていないが、高校生になった今はなんとなく分かる。

好きだったにせよそうでないにせよ、確かにここは俺の居場所だった。

いまの居場所は——少しばかりにぎやかで。昔の俺なら逃げ出していたに違いない。

苦笑いしながら窓の外を眺めると、グラウンドに女子陸上部の姿はない。

あれ、学校の外にでも走りに行ったのかな。

「焼塩、お願いだから問題だけは起こさないでくれよ……」

「呼んだ?」

っ?! いつの間に来たのか。隣の椅子を引きながら、座ってきたのは焼塩だ。

いかにも寒そうなユニフォーム姿にもかかわらず、汗で軽く湯気が上がっている。

「いやー、走った走った。後輩たちもなかなかのもんだね、安心したよ」

「えっと、なんでここにいるんだ。陸上部の方はもういいのか」

「みんなで鬼ごっこしてんの。あたしを捕まえたら、ジュース奢(おご)ってあげるって」

「……校舎の中で?」

さっそく問題起こしてやがる。

焼塩は掌(てのひら)でパタパタと顔をあおぎながら、黒板を眺める。

「やっぱこの角度だ。ねえ、あたしこの席だったよね?」

「いや……そうかな」

俺は思わず言葉をにごす。

ろくに接点もなかった女子の席を覚えてるとか、なんかキモがられそうだし。

「ほら、覚えてるでしょ。ぬっくん、隣の席だったたし」

「え、俺のこと認識してたんだ」

「当たり前じゃん。誰とも話さずに本読んでるし、なんだろこの人って思ってたから」

……うんまあ、異論はない。

「じゃあ俺は、いつも一人で本読んでる人って印象だったのか」

「それだけじゃない気がするな。えーと……」

焼塩は腕組みをして考えこむ。と、なにかを思い出したのかポンと手を叩く。

「あ！　ぬっくんってストーカーしてたでしょ！」

っ?!　突然なに言いだした。

「いやいや、そんなことしてないって！」

「あれ、ぬっくんがされてた方か。ごめんごめん」

ひどい誤解だ。……え？

「俺にストーカーいたの？　初耳なんだけど」

「ほら、小柄で長い髪の可愛い子。心当たりある？」

……心当たりがありすぎる。俺は平静を装いながらたずねる。

「その子、そんなにいつもいたのか？」

「休み時間は大抵いたよ。たまに授業中にも」

マジか。全然気付かなかった。

「いやー、あれは愛が深いよね。ぬっくん、家まで来たりしなかった？」

毎日来てたし、なんなら一緒に住んでた。

「……多分それ俺の妹だと思う」

俺の告白に、さすがの焼塩も顔を曇らせる。

「なんで妹さんがストーカーやってんのさ」

なんでだろ。俺にも分からん。

「ストーカーでも、妹は健全な方のストーカーだから大丈夫だって」

「へえ、そういうのあるんだ」

……ごめん、無い。焼塩の澄んだ瞳にさすがの俺も心が痛い。

「妹とはツワブキ祭の準備で会ったことあるだろ。教室に来たじゃん」

「そういやそうだっけ。ぬっくんのストーカー、確かにあの子だ」

と、なにかに気付いたようにジッと俺を見つめてくる。

「なに？」

「じゃあ今日はぬっくんがストーカーだね」

……否定はできない。

だがしかし。これは妹を守るためにやむを得ないことで、いわば正義のストーカーだ。

「ていうか座ってる場合じゃないな。焼塩も鬼ごっこ中だろ？」

焼塩が答えるより先、教室の入口に体操服姿の女子が現れた。

「先輩はっけーん！」「おーい、ここいたよー！」「なんかイチャイチャしてるーっ！」

焼塩は弾かれるように立ち上がる。

「ヤバッ！　じゃ、ぬっくん後でね！」

まだ塞がれてない教室後ろ側の扉から、素早く逃げ出す。

それを追いかける陸上部員を見送ると、俺はゆっくり立ち上がる。

——味のしない記憶を噛みしめてる場合じゃない。そろそろ調査を始めないと。

朝雲さんとは合流した方がいいのかな。

でもあの人って隠密行動苦手だし、むしろ一人の方が……。

その考えを見抜いたかのように、教室の入口から朝雲さんがヒョコリと顔を出す。

「温水さん、なんかイチャイチャしてましたー」

「朝雲さんまでイジるのは止めて？」

「あら、イジってるんじゃないですよ。さあ、情報は入手しました。さっそく行きましょう」

朝雲さんに手招きされるまま、廊下を歩く。

「えーと、どこに向かってるの」

「邪魔しちゃ悪いと思って校内を歩いていたのですが。運よく図書室にたどりつきまして」

「あそこ夕方は司書の先生がいるだろ。大丈夫だった？」

「はい、すっかり仲良くなりました。学校案内やクラス報、部活案内なんかを紹介してもらって——全校生徒をチェック済です」

はい？　この人なんか変なこと言ったぞ。階段を下り始めた朝雲さんを追う。

「えっと、すでに全校生徒をチェックしたの？　これだけの時間で？」

「ええ、ちょっとしたコツがあるんです」

朝雲さんは広いオデコをチョンとつつく。

「必要なページを映像で覚えてから、頭の中でゆっくり読み返すんです。それなら滞在時間も最小限で済みますから」

なるほど。理屈は分かるがワケ分からん。朝雲さん、本当に人間か。

朝雲さんは引き気味の俺に向かってニコリと微笑む。

「妹さんと橘さんの仲を調べているんですよね？　この学校に橘姓の生徒は一人だけ。もちろん先生にも職員にも該当者はいません」

階段を下り切った朝雲さんがクルリと振り返ると、ワンピースの裾がフワリと揺れる。

「——2年4組、橘聡。園芸部所属の男子生徒です」

園芸部の部室は校舎裏にあるらしい。

らしい、というのは俺が園芸部の存在を知ったのはこれが初めてで、すでに校内見取り図も把握した朝雲さんの方が桃園中に関して知識が多い。

……もう俺の代わりにこの人が卒業生でよいのではなかろうか。

朝雲さんはすれ違う3年生に軽く会釈をしながら、俺と並んで廊下を進む。

「ここの図書室は立派でしたね。ツワブキより広いんじゃありませんか？」

「改修の時になんかの部屋と統合したんだ。ついでになんかの実証校になったから、なんかあんなに広くなったんだって」

我ながらなんかが多い。

朝雲さんは足をとめると、廊下の窓から外を眺める。

「あそこが園芸部の畑ですね。ほら、温室の隣です」

視線を追うと、そこには教室の半分ほどの広さの畑。横には温室も建っている。

畑には青いジャージ姿の男子生徒が一人いて、両腕に抱えた袋から白い粉をまいている。

「あの子が橘君ですね。今年度の部活紹介に写真が出ていました」

――彼が橘君か。俺の喉がゴクリと鳴る。

背は同年代の中でも低めに見える。

中学生らしい華奢な身体。切れ長の瞳で顔立ちは悪くない。

さわやかさに加えて、どことなく艶っぽい雰囲気も漂っている少年だ。

……なんかわりとモテそうな感じだな。

モテ男にロクなやつはいない（偏見）。ここはキッチリ彼の本性を暴く必要がある。

「じゃあ行きますよ、温水さん」

「え、ちょっと」

朝雲さんは校舎から外に出ると、迷いのない足取りで橘君に向かった。

俺も少し迷ってから彼女を追う。

「こんにちは、少しよろしいですか」

「はい、なんですか」

顔を上げた橘少年に向かって、朝雲さんは両手を胸に当てながら軽く一礼。

「私たち、1年の渡辺（わたなべ）といいます。突然ですが園芸部を見学させてもらいたくて」

?! 俺たちが中学1年生ってさすがに無理があるだろ。それと、私たち？

頭上にはてなマークを浮かべていると、朝雲（あさぐも）さんが悪戯（いたずら）っぽい流し目を送ってくる。

「私とこの人は二卵性双生児の双子なんです。ね、カズ君？」

「へ？ そ、そうだね姉さん」

待て、なんでそんな複雑な設定を導入した。

ぎこちなく頷（うなず）く俺を不思議そうに見ながら、橘（たちばな）少年は抱えた袋を地面に下ろす。

「ああ、見学なら大歓迎だよ。俺は2年の橘。二人とも園芸に興味があるのかい？」

「はい、昔から興味があって。先輩、いまはなにをなさっているんですか？」

朝雲さんは橘少年の足元をのぞきこむ。

「キャベツを植える準備をしてるんだ。温室に育てた苗があるから見てみるかい」

「はい、喜んで」

足取り軽く温室に向かう橘少年。その後に続こうとした朝雲さんの腕をつかむ。

「ちょっと朝雲さん。なんで双子とか言い出したの？」

「一年生に渡辺姓は六人いるので、特定されにくいかなって」

「だからって双子はないだろ。かえって疑われるじゃん」

「じゃあ許嫁（いいなずけ）ってことにしますか？ ラブコメみたいでワクワクしますね、カズ君」

……朝雲さん、この状況面白がってるな。

温室に入ると、中は八畳ほどの広さで綺麗に整頓されている。

「種から苗を育ててるんだけど、最後の間引きをするとこなんだ」

橘少年は嬉しそうな表情で、中央の大きな作業台を指差した。

一抱えほどのトレイの中に小さなポットが詰まっている。

ポットとは要はビニール製のミニ植木鉢で、これで苗を育ててから地面に植えるのだ。中には数枚の葉が付いた芽がいくつか生えている。

朝雲さんが目を輝かせながらのぞきこむ。

「間引きってことは葉を抜くんですか？」

「ああ、一番大きいのを残して他の芽を全部抜くんだよ。君たちもやってみる？」

「はい、喜んで」

嬉々として作業を始める朝雲さん。

「朝――姉さん、こういうの興味あったんだ」

「だって実践には書籍だけでは得られない知識があるんだよ。例えば一番大きい芽と言っても、高さ、茎の太さ、葉の広さ――色々な要素があるでしょ？　カズ君も頭で考えるだけじゃなくて、手を動かさないと」

朝雲姉さん、口調まで変わってるぞ。

ぼんやり突っ立つ俺に向かって、橘少年が優しく話しかけてくる。

「弟さんだよね。良ければ少し手伝ってくれないかな」

……あれ、高校生が中学生に気を遣われてるぞ。

「あ、はい。なにをすればいいですか」

「こっちの列の間引きをしてくれる？　ゆっくりでいいから」

えーと、ポットに生えてる芽の中で一番大きなのを抜くんだよな。

こっち——いや、こっちかな。でもこれの方が葉っぱが立派だな……。

「そんなに迷わなくても、君の感覚で構わないよ」

「でもほら、抜くのを間違えたら枯れたりしませんか？」

橘少年がクスリと笑う。

「君が自分で選んだのなら間違いじゃないんだ。部活動だし、どう育ってもそれも経験のうちだから大丈夫」

……なんかこの人、俺より大人じゃないか？　少なくとも八奈見よりは精神年齢が上だ。

三人で黙々と作業を続けて10分ほど経ったころ。朝雲さんがいい笑顔でオデコの汗を拭う。

「ふう……先輩、こちらは大体終わりました」

「こっちも終わったよ。弟さんも——うん、まあ大丈夫」

大丈夫じゃない時の言い方をされた。

橘少年は苗のトレイを棚に上げると、パンパンと手をはらう。

「来週、苗を植えるからぜひ来てよ。二人は何組なの？」

「へ？」

……ヤバイ、そこの設定は詰めていなかったぞ。

言葉に詰まる俺に、腕をからめてくる朝雲さん。

「カズ君、そろそろ先生のところに行く時間だよ。すいませんが先輩、私たちこれでお暇（いとま）しますね」

「あ、そうなんだ。放課後は毎日誰かいるから、いつでも来てね」

橘少年は屈託のない笑顔を向けてくる。

「ええ、また来ます。カズ君もちゃんとお礼を言おうね」

「あ、はい。ありがとうございました」

俺たちは深々と頭を下げると、足早に園芸部の農園を去る。背中に視線を感じながら校舎の中に入ると、俺は大きく息をつきながら朝雲さんの腕から抜け出す。

「さっきの不自然じゃなかったか？　クラスを聞かれて急に出ていくとか」

「ですけど仕方ありません。実は檸檬（れもん）さんから連絡がありまして」

焼塩（やきしお）から連絡？　そんなのいつ――。

朝雲さんはニマリと笑うと俺に手を突き出してくる。

「じゃーん。お姉ちゃんはスマートウォッチを導入しました」

スマートウォッチ。確かスマホと連動して色々できる腕時計だよな。

突き出された画面には焼塩(やきしお)から届いた謎のメッセージが表示されている。


『カテゴリーS　接近中』


……なにこれ。眉をひそめる俺の顔の前でチッチッチと指を振る朝雲(あさぐも)さん。

「カズ君、檸檬(れもん)さんはやみくもに走り回っているように見えて、実はターゲットを探して校舎を探索しているんだよ」

カテゴリーSのターゲット――つまりシスターの『S』ってことか。

「え、佳樹(かじゅ)がここに向かってるなら早く離れないと」

振り向いて走り出そうとした俺は、目の前の人影にぶつかりそうになる。

「うわ、ごめん！　急いでて」

「いえ、こちらこそ。大丈夫ですか？」

反対に謝ってきたのは、肩にクワを担(かつ)いだ背の高い女生徒だ。

その顔はどこかで見たことが――。

「ゴンちゃーん！　どこですかー」

「っ！！」

聞き覚えのあるこの声はいうまでもない。

俺は朝雲（あさぐも）さんの手をつかんで、慌ててその場を離れる。

廊下を曲がって物陰から様子をうかがっていると、俺たちが来た方に向かって小柄な女生徒が駆けていく。

艶やかな長い黒髪。整った小さな顔に細い手足。トテトテ走る小さな歩幅。

言うまでもなく――佳樹（かじゅ）だ。

「ヌクちゃんか。どうしたん？」

「先生からゴンちゃんが園芸部に向かってると聞いたから」

かすかに聞こえてくる話し声。

俺はギリギリまで身を乗り出して耳を澄ます。

「注文してた新しいクワが届いたから、聡（さとし）に渡そうと思ったじゃんね」

「そうなんだ。佳樹も橘（たちばな）君に用があるから一緒に行ってもいい？」

「いいけど、ヌクちゃんがなんの用だかん？」

「14日の予定を打ち合わせようかと思って。教室じゃちょっと、ね？」

やはり――バレンタインの日、二人は会うのか。

しかも教室では話せない内容だと……？　ゴンちゃん断れ。すぐ断れ。

「……ふうん。ほいじゃ、ついでに私のクワも渡しといてくれん？」

「あれれ、橘君に会わなくていいの？」

「構わんでね。ほいじゃこれ、お願い」

「はい、分かったよ。佳樹にお任せあれ」

俺の祈りもむなしく、佳樹と橘少年が二人きりになる流れだ。

ゴンちゃんは佳樹が来た方に去っていく。

……しばらく様子をうかがってから廊下をのぞくと、そこに佳樹の姿はない。

佳樹の後を追うべきか。だけど園芸部の畑の周りには身を隠す場所がない。

会話を聞ける距離にまで近付くのは無理だよな……。

そんなことを考えていると、朝雲さんがゆらりと首を傾げる。

「カズ君、さっきの背が高い女の子は妹さんの知り合いなの？」

「えーと、確か佳樹の友達で何度か家に遊びに――その設定まだ続く？」

「わりと気に入ってたんですが。さて、ちょっとチューニングしますね」

……チューニング？　朝雲さんは瞳を輝かせ、スマートウォッチをいじりだす。

「待って、ひょっとして園芸部になにか仕掛けてきたの？　GPSはもう使わないって約束したはずじゃ」

「はい、私は反省しました。GPSを仕掛けるなんて人の尊厳を踏みにじる行為です。決して許してはいけません」

うん、その通りだ。良く分かってる。

「じゃあどうして」

「温水(ぬくみず)さん。いまの私たちの会話が誰かに聞かれていたとして、その人を責めることはできますか?」

……え? 俺は思わず辺りを見回す。

ガランとした廊下には人気(ひとけ)はなく、遠くから運動部の掛け声が響いてくるばかりだ。

「いやまあ、廊下なんだし聞かれても仕方ないかと」

朝雲(あさぐも)さんは力強く頷(うなず)く。

「はい、その通りです。例えば建物の外観を自由に見られるように、公共の場で話している内容を聞いてしまっても咎(とが)められることはないのです」

なるほど……? なんかそんな気がしてきた。

「えーとつまり、GPSはダメだから盗聴器を仕掛けてきたと」

朝雲さんはゆっくり首を横に振る。

「人は言葉に引きずられる生き物です。盗聴器ではなくスマートバグ——私はそう呼んでます」

なにそれ、カッコいいじゃん。

「つまり二人の会話を聞くのは倫理的に問題がない……そういうことだね」

「はい、そういうことです」

「そういうことなら仕方ない。でも他の人に言っちゃダメだよ？」

「分かりました。二人だけの秘密です」

チューニングが済んだスマートウォッチに二人で耳を寄せる。


『――――よ――から――――これなら――』


雑音にまぎれて途切れ途切れに聞こえる声は――橘少年だ。

俺と朝雲さんは耳を寄せた態勢のまま、すり足で窓際に移動する。

耳障りな雑音が溶けるように消える。


『――じゃあ予定通りでいいですか？』


聞こえてきたのは間違いない、佳樹の声だ。俺は思わず息をのむ。

『ああ、それでお願いするよ。悪いね、わざわざ園芸部まで来てもらって』

『佳樹なら構いません。こんな話、人前では照れちゃいますし』

人前だと照れるような話をしていた……？　いや待て、恥ずかしい話といっても恋愛トークとは限らない。俺だって中学生で、先生を『お母さん』と呼んだことあるし。

混乱した俺の脳みそは、続く会話に完全に焼かれることになる。


『ええと、君のお兄さんにこの話は──』

『ふふっ……14日のことは、お兄様には内緒ですよ？』


はっ⁈　俺に内緒で恥ずかしい話っ⁈

「お兄ちゃんそういうのは認めないいんだけど！」

俺が声を上げると、朝雲さんが驚いた顔をする。

「温水さん、あちらには声は聞こえませんよ？」

「そっか、じゃあ直接行って──」

「それだと見つかってしまいますが、いいんですか？」

良くないし、落ち着いて考えよう。俺は手を胸に当てて深呼吸。

……佳樹は橘少年とバレンタインデー当日の話をしに来たのだ。

ちょっとそれが人には聞かせられない恥ずかしい話で、俺にも内緒だというだけで──。

「いやそれはおかしい。朝雲さんもそう思わない？」

「さっきからおかしいのは温水さんだけです」

そうかもしれんが膝の震えが止まらない。

いまの会話を聞く限り、二人はずいぶんと親密なようだ。付き合っているかどうかまでは分からないが、佳樹を好きにならない男子などこの世にいるはずがない――。

「つまり彼が俺の弟になる……お兄ちゃんがお義兄（にい）ちゃんに……？」

「はい、いったんストップです」

血の気が引いた俺の頬（ほお）を、朝雲さんが両手で挟みこんでくる。

「え、ストップって――」

「はい、大きく息を吸ってー」

「あ、はい」

俺は大きく息を吸う。

「次は吐いて吐いてー」

続いて二回に分けて息を吐く。それを3度ほど繰り返すと、ようやく少し落ち着いてきた。

「いいですか、妹さんたちは少しイチャイチャしただけです。そのくらい、お姉ちゃんともするでしょ？」

「いや、したことないけど」

それにお姉ちゃん違う。

「じゃあ後でしてあげるね。さ、カズ君。檸檬さんと合流して帰ろっか。はい、制服はちゃんと着ましょう」

朝雲さんは俺の首元に手を伸ばすと、制服のホックをはめ直す。

あれ……本当にお姉ちゃん……？　お姉ちゃんだっけ……俺はカズ君……カズ君かも……。

ボンヤリと目の前のオデコを眺めていると、廊下を小柄な女生徒が通りかかる。

と、女生徒は足を止めて、信じられないとばかりに目を丸くした。

「あれ？　あれれれれ？」

女生徒は俺の手をつかんでピョンピョンと飛び跳ねる。

「きゃーっ！　お兄様?!　どうしたんですか?!　ひょっとして中学に入り直したんですか?!」

お兄様……あれ、そうか……俺には妹がいる……これが……妹……？

「ひょっとして佳樹か……？」

ようやく正気を取り戻した俺に、佳樹がぐいぐいと迫ってくる。

「うわ、うわわ！　やっぱり学生服のお兄様も素敵です！　すいません、一緒の写真を――」

スマホを取り出した佳樹は、大きな目をパチクリさせる。

「あれ？　前に佳樹の家でお会いした朝雲さん、ですよね？　どうしてうちの制服を」

朝雲さんはニコリと微笑む。

「ご無沙汰してます。今日は私、カズ君のお姉ちゃんをさせてもらってます」

……待って、話を複雑にしないで？

お姉ちゃんという単語を聞いた途端、佳樹の瞳に怪しい光がともる。

「お兄様のお姉ちゃん……？　ズルい！　佳樹もお姉ちゃんしたいです！」

ほら、言わんこっちゃない。すっかり興奮した佳樹が俺の手をブンブン振り回す。

「いや、ちょっと落ち着こうか」

「無理です！　お姉ちゃんならカズ君にご飯食べさせてお着替え手伝って、お背中流して添い寝して――ああもう、一日が足りません！」

普通のお姉ちゃんはそんなことしない。

そしてやりたがってることはいつもの佳樹と変わらない。

「よし、分かったからいったん止まろう。はい佳樹、俺の指を見てー」

俺は両手の人差し指を立てる。

「２本の指が追いかけっこをしてますねー。こっちの指が近付いて、こっちの指にタッチしました。次はこっちの指がー」

「追いかけてー、タッチしまーす……」

指を目で追っていた佳樹はようやく我にかえったのか。

真面目な顔に戻ると、コホンと咳払い。

「少し落ち着いたか？」

「……はい。それではお兄様、これはどういうことか説明して頂けますか？」

「え？　ええと……」

しまった。落ち着いたらこうなるに決まっている。

助けを求めて視線を送ると、朝雲さんはコクリと頷いて一歩前に出る。

よし、期待してるぞお姉ちゃん。

「佳樹さん。私と和彦さんがこんな格好でここにいるのは——」

「いるのは？」

「——プレイです」

「「にゃっ⁈」」

いきなり期待を裏切られた。

「昔の制服を着て母校に侵入し、姉弟ごっこをする高校生男女——そんなのフシダラな遊戯に興じているに決まっています。決して潜入調査とか、そんな大それたことは考えていません！」

一気に言い切った朝雲さんは、ドヤ顔で俺に流し目を送ってくる。

ええ……この人的にはこれが正解なのか。ごまかすにしてもヒドすぎる。

しばらく口をパクパクさせていた佳樹は、もう一度咳払いをすると平静を装って話し出す。

「で、では一緒に来てください。生徒指導の先生に身柄を引き渡します」

朝雲さんが不思議そうに首を傾(かし)げる。

「あら、私たちなにかを探りに来たんじゃありませんよ？　ただのプレイです」

……もうやめて。佳樹がこれまで見たことのないような目で俺を見てるぞ。

今晩の家族会議を覚悟していると——いきなり佳樹の身体(からだ)が浮き上がった。

「きゃっ?!」

「副会長確保ーっ！　これで肉まんゲット!!」

佳樹をお姫様抱っこして、勝利の雄たけびを上げたのは焼塩(やきしお)だ。

その後を追って、廊下の角から陸上部の女子が現れる。

「また先を越されたーっ！」「檸檬(れもん)パイセン、元気すぎ！」「待って、まだ終わってないよ！」

焼塩は不敵な笑みで後輩たちを振り返る。

「ふふ……あたしの手から副会長を取り戻せば肉まんは君らのモノだ。さあ、追いついてごらん！」

「え、ちょっと焼塩なにをして——」

「後は任せて！」

焼塩はウインクを残して、佳樹を抱えたまま走り出した。

その後を数人の女子が追いかける。

「待て肉まーんっ！」「そっち回り込んで！」「私、二階から攻めるから！」

……こいつら一体なにをやってんだ。

焼塩&焼塩チルドレンが通り過ぎた後には、呆気に取られた俺たちがポツンと残されていた。

しばらく立ち尽くしていた朝雲さんが俺の肩をチョンとつつく。

「それじゃ、私たちは先にお暇しましょうか」

えーと、佳樹は持ってかれたままだけど——焼塩は「後は任せて」って言ってたしな。

……うん、任すとしよう。

俺は素直に頷くと、制服のホックを外した。

◇　◇　◇　◇

——自分が赤ちゃんだったころの記憶はない。

これは当時は覚えていたけどすぐに忘れてしまったり、記憶が残っていても思い出せなかったりするせいらしい。

佳樹が生まれたとき俺はまだ1歳の中盤で、普通ならそのころの記憶はないはずだ。

だからこれは親に聞いた話や、もっと大きくなってからの記憶と混ざり合ってできた思い出だ。


それまで家の中心だった俺は、主役を取って代わられてずいぶんと拗ねていたらしい。

いま思えば当然のことで、ようやく歩き出した俺を構いながら、生まれたばかりの佳樹を世話する両親の苦労はどれほどだっただろう。

妹の難しい名前も上手く口に出せなくて。

世界に現れた新たな登場人物に、俺は寂しさと苛立ちを感じていたんだと思う。

俺の2歳の誕生日。ようやく自分が主人公に舞い戻ったその日も、泣き始めた佳樹につきっきりの母を見て、俺はすっかり拗ねてしまった。

紙の王冠を投げ捨てて、部屋の隅で膝を抱えているうちに眠ってしまった。

次に目を覚ました時、さほど時間は経っていなかったと思う。

身体にかけられた毛布に気付いて隣を見ると、母親が笑いかけてきた。

「おはよう、お兄ちゃん」

その呼び名にまたむくれた俺を、母親は構わず抱きあげた。

連れて行かれたのは佳樹の眠るベビーベッドだ。

母の腕から見下ろす佳樹は自分よりもずっと小さくて、でも人間の形をしているのが不思議だった。

「佳樹も起きたよ。ほら、お兄ちゃんにおはようって」

いつに間にか目を覚ましていた佳樹が、小さな手を伸ばしてきた。

恐る恐る指で触ると、佳樹はそれを握りしめてきた。

小さくて、暖かくて、だけど想像よりずっと力強い手。

ぼんやりと固まる俺に向かって、佳樹は不意に――笑った。

その瞬間、俺は気付いた。


――自分はお兄ちゃんなんだ、と。


お兄ちゃんになってからのはっきりした記憶は、3歳ごろから始まっている。

そして中学に上がってからの佳樹も、まるで小さな時と同じように俺に付きまとっていた。

だからその時の記憶のまま、近付いていた兄離れの時期も自分の中で勝手に先延ばしにしていたのだろう。

その日はいつかは訪れる――でもそれは今日ではない、と。

◇　◇　◇　◇

いつの間にか日は沈み、街はすっかり暗くなっていた。

俺は歩道の石畳に視線を落とし、まっすぐ歩くことだけに意識を向ける。

……足元の石畳が途切れて、街灯に照らされた横断歩道が現れた。

横断歩道に踏み出そうとした俺の腕を誰かがつかむ。

「温水さん、車が来てますよ！」

俺を止めたのは朝雲さんだ。

ツワブキ高校の制服に身を包み、少し戸惑ったように俺を見つめる。

「あの、どこに向かってるんですか？」

「……え？　家に帰ろうかと思って」

そう言って辺りを見回すが、明らかに自宅の近所ではない。

気付かないうちに豊橋駅の近くまで歩いていたようだ。

「ごめん、俺についてきたの？　後は一人で大丈夫だから――」

朝雲さんはゆっくりと首を振る。

「いまの温水さんを放ってはおけません。少しどこかで休んでいきましょう」

誤解を招きそうなセリフと共に連れこまれたのは、マッターホーンという豊橋でも老舗の洋菓子店。我が家でもよく使うが、喫茶コーナーに入るのは初めてだ。

椅子に座ってクラシカルな店内を見回していると、朝雲さんがスマホの画面を見せてくる。

「焼塩（やきしお）さんも後輩たちと別れて、こっちに向かっているそうです」

無言で頷（うなず）く俺の前に、店員さんがコーヒーを置く。

「飲み物だけでよかったんですか？」

「なんかお腹（なか）空いてなくてさ」

朝雲さんはミックスジュースとケーキを前に、ニヤケ顔を慌てて引き締める。

「……あくまで糖分不足の解消です。疲れた脳には適度な補給が必要なんです」

「分かってるよ、今日は心配かけてごめん」

コーヒーに砂糖を入れてかき混ぜていると、朝雲さんがケーキをのせたフォークを差し出してくる。

「はい、アーン」

「へ？　いやちょっと、人前だし」

「後でイチャイチャしてあげるって約束したでしょ？　お姉ちゃんは約束は守るんです」

その遊び、まだ続いてたのか。

あきらめそうにないので仕方なく食べると、口に懐かしい甘さが広がった。

朝雲さんが頼んだのは、店の名を冠したマッターホーンという名のケーキ。軽めのスポンジとクリームに混ざった栗の食感が――って、久しぶりだけどやっぱ美味いなこれ。

しばらくチョコ系に浮気してたが王道に戻るか……。

コーヒーを飲もうと手を伸ばすと、テーブルの向こう側で朝雲さんが微笑んでいる。

「少し元気が出ましたか？」

「ありがと、わりと元気が出たよ」

ここまで気を遣わせといて、沈んだ顔をしている場合じゃない。

無理にでも笑顔で返すと、朝雲さんの隣の椅子にドサリとスポーツバッグが置かれた。

「二人ともなにやってんの？」

茶色い瞳を丸くして見下ろしているのは焼塩だ。うわ、変なとこ見られた。

朝雲さんが嬉しそうに手を合わせる。

「今日は私がカズ君のお姉ちゃんなんです」

「なにそれ、楽しそうじゃん！　あ、すいませーん！」

え、いまの説明で通じたのか。

立ったまま注文を終えた焼塩は朝雲さんの隣に座る。

「なんだ、凹んでるって聞いてたけど大丈夫そうじゃん。イチャつく元気もあるみたいだし？」

片肘をつきながら、からかうように言う焼塩。

綾野に知られると面倒だし、ここは話を逸らさないと。

「そういえば焼塩が運んでいった佳樹——妹はどうなった？」

「妹さん？　なんかキョトンとしてたよ」

そりゃするだろ。聞きたいのはそこじゃない。

「えーと、妹はちゃんと解放されたんだろうな」

「ちゃんと生徒会室まで運んだよ。勝負はあたしの勝ちでした！」

ルールは知らんが勝ったのか。

……まあ無事ならいい。

俺がコーヒーをすすっていると、焼塩の頼んだ紅茶とチョコケーキが来る。

焼塩が頼んだケーキはチョコ味とノーマルのスポンジが市松模様になっていて、周りがチョコレートでコーティングされている。これも昔から人気のメニューだ。

ケーキにフォークを入れながら、焼塩がいつになく落ち着いた口調で呟く。

「妹さんさ。なんてゆーか大丈夫じゃないかな」

「……妹と話をしたのか？」

「走るのに忙しくてそんなに話せなかったけど。あの子、周りと仲良くて友達もたくさんいるみたいだし。なんてゆーか」

焼塩はケーキをパクリと口に入れる。

「――大丈夫な子だよ。ちゃんと自分を持ってしっかりしてる。ぬっくんが心配なのは分かるけどさ、もう少し信用してあげなって」

焼塩はチョコケーキの角をフォークですくうと、俺の口元に突きつけてきた。

「はいカズ君、アーンして」

「おい、焼塩までなにやってんだよ」

さすがに怖気づいて目を逸らすと、焼塩が身を乗り出してくる。

「チハちゃんのは食べれて、檸檬お姉ちゃんのケーキは食べられないっていうの？」

「の？　の？」

焼塩、めっちゃカラんでくる。朝雲さんまで便乗するし。

やむを得ずケーキを食べると、焼塩は満足げな笑みを浮かべた。

「よし、これで一件落着。さ、ゆっくりケーキ食べよっか」

落着はしてないが。してないが、兄としてもっと佳樹を信用しないとな。

……そもそもイチャついたからって彼氏というわけではない。なにしろ俺がその証拠だ。

一人で頷いていると、朝雲さんがなぜかソワソワと窓の外を見る。

「ずいぶん遅くなりましたね。温水さん、妹さんはもう家に帰ったころですか？」

「生徒会の仕事で、まだ学校にいるんじゃないかな。今週は遅いらしいし」

「じゃあ、ちょうどいいタイミングですね」

……？　なにが？

不思議に思っていると、朝雲さんが腕に巻いたスマートウォッチを見せてくる。

「チハちゃん、それなに？」

「スマートウォッチです。これで桃園中に仕掛けた盗聴――」

「朝雲さん、ストップ！」

慌てて遮ると、朝雲さんは澄まし顔でコクリと頷く。

「……スマートバグです。盗聴器ではありません」

だから言うなって。

焼塩は目をキラキラさせて朝雲の手元をのぞきこむ。

「なにそれカッコいいじゃん！　探偵の秘密道具みたいなやつだよね？」

「はい、その通りです。これを使うと、探偵力で遠く離れた場所の音を聴くことができるんです。具体的には生徒会室の扉の前にいるかのような音が」

探偵力って怖いな……。あれ、でも待ってくれ。

「桃園中から離れてるし、電波が届かないんじゃないか」

俺の当然の疑問に、朝雲さんは当然とばかりに答える。

「校内にモバイルWi-Fiの本体を置いてきました。子機からの電波は、そこから飛ばします」

「ひょっとしてこのためにWi-Fi契約したの？　マジで？」

朝雲さんはニコリと笑うと、無言でスマートウォッチをいじりだす。

……もうなるようになれ。半ば開き直って朝雲さんの探偵力を見守ることにする。

「ねえねえ、チハちゃんこれってどうなんの？　光ったりする？」

「次回までに周りにLEDを足しときますね。さあ、繋がりましたよ」

俺たちはスマートウォッチに耳を寄せる。

……サリサリというかすかなノイズ。

「なにも聞こえないな。誰もいないんじゃないか？」

「あ！　いまなんか聞こえたよ！」

確かになにか聞こえたぞ。しばらく息を潜めていたが、それ以上はなにも聞こえない。

と、朝雲さんが何かに気付いたのか、パッと顔を上げる。

「これ、Wi-Fiではなく盗聴器から直接電波を拾ってますね」

「スマートバグ」

「はい、スマートバグ」

分かればよろしい。そして盗聴器が近くにあるということは――。

「偶然同じ機種を使ってる人がいるってことか？」

「いえ、アプリと紐付けしないといけないのでそれはないです」

朝雲さんは腕をあちらこちらに動かしていたが、最後には俺の方を見たまま動かなくなる。

「……なに、俺をジッと見て」

「温水さん、そのカバンってなにが入っていますか？」

「へ？　さっきまで着てた桃園中の制服だけど」

カバンのファスナーを開けると、朝雲さんのオデコがキラリと光る。

「電波の強度が強まりました。中になにかありますね」

え、まさかそんな。上着を引っ張り出して探っていると、首の後ろからなにかがポロリと落ちた。拾い上げると、それは親指の先くらいの黒いチップだ。

あれ、表面になんか番号が書いてある。

「……№１？」

「生徒会室の扉に付けたスマートバグですね。……待ってください、じゃあこの反応は」

と、しばらくして俺が見つけたのと同じ形のチップを取り出した。

朝雲さんは自分のカバンに手を入れる。

「№２――妹さんの制服に仕掛けたものです」

こいつ、そんなことしてたのか。そろそろ朝雲さんもこいつ扱いでいいはずだ。

黙りこむ俺たちを焼塩がフォーク片手、不思議そうな顔で眺める。

「えーと、つまりなにが起きたの？」

朝雲さんは人差し指をアゴに当て、困ったような表情で首を傾げる。

「ワトソンお兄さんが、可愛いモリアーティにしてやられた――というところですね」

「そうだね、ワトソンお姉ちゃんが」

「ふうん、よく分かんないけど。ごちそうさまでした」

二人のワトソン君に向かって、焼塩はパンと手を合わせた。

Intermission　居残りさんがつれづれと

放課後の部室では八奈見と小鞠が、特に話をするでもなく思い思いに過ごしていた。

片腕を枕にダラダラと雑誌を見ていた八奈見は「お」と呟く。

「小鞠ちゃん、これ美味しそうだよ。餅チョコだって」

「うぇ？　チョ、チョコで……餅？」

不意に話しかけられた小鞠は、眉をひそめながら文庫本に栞をはさむ。

「そ。つまりチョコ味の餅なんだよ」

「え、えと……そうなのか」

まったく増えない情報量に戸惑う小鞠。

「ほら、バレンタインも近いじゃん。文芸部の女性陣で友チョコ交換しようって話してたでしょ？」

「してた、っけ？」

首を傾げる小鞠。自信満々に頷きかけた八奈見は、ゆっくりと首を横に振る。

「……いや、してないね。言うの忘れてた」

「そ、そうか」

小鞠は再び文庫本を開く。八奈見は退屈そうに雑誌を閉じる。

「学校見学会って今週末だよね。準備とかしなくて大丈夫かな」

「こ、ここんとこ部長、役立たずだし」

「だね。温水君のシスコンぶりにも困ったもんだよ」

本来なら今頃、週末の学校見学会に向けた準備をしているはずなのだ。

例年は文芸部にもそれなりに人が来るらしい。

「うちらがこんな忙しいのにサボるなんてさ。けしからんよ温水君」

スマホをいじりだした八奈見を、小鞠が不思議そうに見る。

「あ、あいつ焼塩と一緒に、出かけたんだろ？」

「……なにそれ。私、知らないんだけど」

八奈見は剣呑な表情で顔を上げる。

「うえ？　だ、だって二人で桃園中に行くって」

「中学校？　檸檬ちゃん、留年通り越して中学からやり直すの……？」

その方が本人のためかも――言いかけた小鞠は言葉を飲みこむ。

「ち、違くて。い、妹の学校にストーカー、しに行った」

「あー、そういや二人はオナ中だっけ」

八奈見は呆れたように肩をすくめる。

「ホント、妹ちゃんがからむと温水君はアレだね。アレだからお菓子でも食べよっか」

言いながら八奈見が取り出したのは駄菓子の『チョコケーキ』。

チョコパイを薄くしたような見た目のお菓子だ。

「最近これにハマってるんだよね。特に二枚入ってるところが素敵なの」

八奈見は小袋を開けると、チョコケーキを二枚とも取り出す。

「小鞠ちゃんも食べる？　美味しいよ」

「じゃ、じゃあ一枚——」

手を伸ばした小鞠の前で、八奈見はチョコケーキを重ねたままかじりつく。

一瞬固まる小鞠の手に、新しい小袋を乗せる八奈見。

「これ、重ねて食べると美味しいんだよ。やってみる？」

「い、一枚ずつでいい……」

小鞠が一枚食べ切る間に3袋を空にした八奈見は、お茶を淹れに席を立つ。

「温水君はダメダメだし、学校見学会の準備は私たちがやるしかないよね。部誌作るって言ってたけど、みんな原稿はまだだし——」

「え、えと、大体書けた」

二枚目のチョコケーキをモサモサと食べながら、小鞠。

八奈見はお茶を淹れる手を止める。

「ほら、見学に来た中学生だって、部誌もらっても嬉しくないでしょ？」

「そ、そんなことないんじゃ……」

弱々しく反論する小鞠の前に、八奈見がトンと湯呑を置く。

「小鞠ちゃん、私たちは高校生だよ。うちらにあって、中学生にないもので勝負しようよ」

「ちゅ、中学生にない、もの？」

八奈見は椅子に座ると、これ見よがしに髪をバサリとかきあげる。

「——女子力、だよ」

～3敗目～　将を射んとしたけど馬が強い

翌日の放課後。俺は駅からほど近い『まちなか図書館』にいた。

ここはビルの二階と三階が吹き抜けで図書館になっていて、階段を利用したイベントスペースやカフェまである。

本来なら俺の敵にあたるオシャレ空間だが、なにしろ図書館だ。活気と落ち着きが同居した雰囲気で、実に居心地が良い場所なのだ。

俺は二人掛けのボックス席で本を開きながら、昨日のことを思いだしていた。

桃園(ももぞの)中学への潜入調査。

それで判明したことは――橘(たちばな)君は実在した。その事実だけで俺のキャパはギリギリだったのに、佳樹(かじゅ)とイチャコラする現場を音声で聞かされたのだ。

残念ながら俺はシスコンではないので致命傷にはならなかったが、まだダメージが抜けきっていない。

……まあ佳樹も中二なんだし、男友達くらいいるよな。

うん、当時の俺には同性の友達もいなかったが、佳樹なら異性の友達くらいいても不思議はない。あくまで友達だ。

それより週末の学校見学会の準備をしないと。

俺は現実から目を逸らしつつ、小説に使う資料のページをめくる。部誌の原稿が全然進んでないのはもう一つの確かな現実なのだ。

アイデア帳のノートにメモをとっていると、机に置いたスマホの画面が光る。

横目で見ると、小鞠からのＬＩＮＥだ。

『部活サボってどこにいる?』

……ヤレヤレ、なにを勘違いしているのか。これも立派な部活動の一環だ。

小鞠に構っている暇はない。図書館で原稿中だと返事をしてスマホを裏返す。

今回の部誌に載せる短編の構想を練っているのだ。

主人公のところに謎の美少女が現れるという設定だが、肝心のヒロインが決まらない。

「アイデアなんてそんな簡単に出てくるもんじゃないな……」

俺は資料を閉じると、伸びをしながら窓の外を見る。

このボックス席は右側が窓になっていて、ブラインド越しに外が見えるのだ。

建物の外は石畳の広場になっていて、学校帰りの高校生の姿も多い。

……てゆーかカップルだらけだな。

このボックス席も二人まで座れるし、そういえば前後の席はカップルだった気がする。

そいつらだけ消費税が上がればいいのに——とか思ってると、机の上にツワブキの指定カバンが乗ってきた。

「え？　小鞠、なんでここにいるんだ？」

カバンの持ち主は小鞠知花。周りを気にしながら小声で呟く。

「お、奥に詰めろ」

戸惑いながらも窓際にズレると、シートの端にちょこんと腰かけてくる。

「お、お前が部活、来ないから。に、日曜日の見学会、どうするつもりだ？」

「だから部誌の原稿を考えてるんだって。資料をあたってたんだけど、なかなかヒロインのアイデアが浮かばなくて」

小鞠は俺が読んでいた資料に手を伸ばす。

「び、微生物図鑑……？」

「ああ、これからは謎めいたヒロインが流行るとみた。ヒントがここに隠されているんじゃないかと思ってな」

パラパラとページをめくっていた小鞠は、首を振りながら本を閉じる。

「だ、だからといってこれは、上級者すぎる。実力を、考えろ」

そんな気もする。

よし、今回のヒロインは素直に猫耳眼鏡メイドにしよう。自分の欲望に正直なのが一番だ。

「そういう小鞠はもう書いたのか？」

「み、三島と太宰の異世界物、続き書いた」

……？　あれは月之木先輩の小説だろ。

「えーと、先輩には許可とってない。み、三島攻め、だし」

……こいつ、禁断のリバに手を出しやがった。

まあ、この時期は3年生に連絡とりづらいのは確かだ。

月之木先輩は現在5つの大学を受けて、早くも1つは落ちている。

玉木先輩は共通試験が終了し、国立の二次試験の勉強中。ボーダーラインには達しているらしいが、勝負はこれからだ。

「とりあえず日曜日までには書き上げるから安心してくれ」

「い、いつ製本、するんだ？」

俺は頬をかきながら目を逸らす。

「えーと、小鞠や八奈見さんの小説は先に印刷しておこう。俺の分はコンビニでコピーしていくから、当日見学者に製本してもらうんだ」

「け、見学者に？」

俺はドヤ顔で頷く。

「部誌の作成体験だ。我ながらいいアイデアだと思うんだけど」

「た、ただの雑用だろ。い、いいから寝ずに書け」

小鞠、いつにも増して冷たい。

「書くから部室に行ってないんだろ。明日は祝日だし、金曜日は顔を出すから勘弁してくれ」

これ見よがしにノートにボールペンを走らせていると、隣で小鞠がソワソワと両手の指先を合わせている。

「どうした、他になにかあるのか」

「や、あの、八奈見が部誌以外にもなにかしようって、言ってて」

八奈見が？　ということは。

「なにか面倒なこと言いだしたんだろ。話半分で聞いて、適当なタイミングでガムとかあげれば忘れるって」

せっかく攻略法を教えたにもかかわらず、小鞠はうつむいたまま指をこねくり回している。

「ガムじゃごまかせないほど面倒な案件なら、いっそのことチャーハンとか――」

「け、見学会の日、バレンタインだから。と、友チョコ作ってこようって話に、なって」

バレンタインか。そういや今週末だ。

佳樹のことですっかり頭から飛んでいたが、そもそも手作りチョコが発端だったな……。

「それで、友チョコと見学会になんの関係があるんだ」

「せ、せっかくだから、見学者にも振るまって……じょ、女子力で圧倒しようって」

……無理だろ。女子力って文芸部女子と最も遠い概念だぞ。チョコの早飲みなら八奈見(やなみ)が圧倒するだろうが。

「でもチョコを出すのはいいかもな。頑張ってくれ」

後の二人はともかく小鞠(こまり)なら問題ないだろうし。

作業に戻ろうとすると、小鞠が顔を伏せたままズリズリと身体(からだ)をズラしてくる。

「そ、それはそうと。ス、ストーキングの話——焼塩(やきしお)に、聞いたぞ」

早くもこいつの耳に入ったのか。俺は溜息をつくと、再びボールペンを置く。

「ストーキングじゃなくて潜入調査な。仮にストーカーだとしても正義側だし」

小鞠は油断なく辺りに視線を走らせると、声を落として言った。

「……い、妹が好きな男のこと、く、詳しく知りたく、ないか」

「え、それは」

——佳樹(かじゅ)が橘(たちばな)君を好きだと決まったわけではない。

だが昨日の会話を聞く限り、その可能性は否定できない。

目を逸(そ)らしている現実を小鞠の言葉が付きつけてくる。

ゴクリ。自分の喉(のど)が鳴るのを他人事(ひとごと)のように聞きながら、俺は囁(ささや)くように答える。

「……話を聞かせてくれ」

小鞠は無言で一冊の本を机に置く。

タイトルは『気になる相手の本音を引き出すための攻略術』。

なんだこれ。首を傾げる俺に向かって、小鞠はドヤ顔で胸を張る。

「わ、私のトークスキルで、その男のこと聞き出して、やる」

絶対無理だろ。脳内で即答したが、口には出さないのが大人の対応だ。

とりあえず本を手に取り、パラパラとめくってみる。

なになに――筆者はアメリカの大学で心理学的なものを学んで、外資系企業でコンサルの仕事をしてたのか。よく分かんないけど信用できそうだ。筆者近影、美人だし。

「分かったけど、聞き出す以前にどうやって会うんだ？　妹と面識ないだろ」

「え、えと……」

小鞠は胸に手を当てると、一つ深呼吸。

「こ、こないだ部室で食べたチョコ、美味しかったから。い、妹に作り方、教えてもらえたらなって」

詰まり詰まりで言いきると、小鞠はホッとしたのかへニャリと表情を緩ませる。

要するにチョコ作りを教えてもらうテイで近付いて、佳樹から情報を引き出すということか。でも秘密を聞き出すのは小鞠だよな……。

「えーと。うちの妹、わりとグイグイくるけど大丈夫か？」

オブラートで密閉した俺の忠告も右から左、小鞠はドヤ顔で胸を張る。

「ま、任せろ。姉歴、長いから」

うちのも妹歴長いぞ。

不安しかないが、せっかくの提案だ。乗るのも悪くない。

「チョコづくりを教わる場所はどうする？」

「え、えと……ぬく、温水の、家……あの……」

小鞠は指をこねくり回しながら、最後にはうつむいたまま固まってしまう。

えーと。良く分からんが、うちを会場として使いたいということか？

そういえば両親が明日の祝日、二人で映画に行くって言ってたな……。

「いいよ、明日なら親がいないし。小鞠、うちに来いよ」

うん、それがいい。俺の冴えた提案に小鞠は顔色を変えながら腰を浮かせる。

「うえっ?!　お、親っ——いないっ？？？」

だからそう言ったじゃん。なにをそんなにテンパってるんだ。

「妹にチョコ作りを教わりに来るテイだろ？　うちに来てもらった方が手っ取り早いし、親もいないから小鞠も気楽だろ」

「そ、そうか。い、妹いるのか」

「当たり前だろ。なにしに来るんだよ」

「……し、死ね」

なぜ俺を罵倒する。

だがしかし、これは渡りに船だ。昨日の晩、佳樹とはほとんど話ができていない。盗聴していたことがバレた以上、なにかしらの反応はあると思っていたが、佳樹はまったくいつも通り。むしろ俺の方が避けるような形になったのだ。

このまま棚上げしようとも思っていたが、こういうことは時間が経つほど話しにくくなる。

「妹と話をしてもらえるのは俺も助かる。チョコの材料はこっちで全部用意しとくから、小鞠は身一つでうちに来てくれ」

「身、ひと――っ?!　お、お前、意味分かって言ってるの、か？」

はい？　俺、変なこと言ったっけ。

「なんでもいいから少し落ち着いてくれ。俺、原稿を書く。じゃあ小鞠はなにをする？」

俺は言いながら本を差し出す。

「え、えと、本を読む！」

小鞠は受け取った本を開く。よし、明日に備えてハウツー本でも読んでてくれ。

しばらく経って横目で見ると、小鞠は本に夢中になっている。

その調子で明日は佳樹の本音を――って、あれ。さっき渡したの微生物図鑑だぞ。

「悪い小鞠（こまり）、その本は――」

小鞠はハウツー本には目もくれず、小声でブツブツ呟（つぶや）いている。

「ゾ、ゾウミジンコ……ボルボックス……カ、カンピロバクター……ふ、ふふ……」

……なんか楽しそうだな。邪魔しちゃ悪いし原稿に集中しよう。

俺はさりげなく小鞠に背を向けつつ、ノートにボールペンを走らせ続けた。

文芸部活動報告　～増刊号　小鞠知花（ちか）『汚れっちまった異世界で』

この世にいてはならない存在――イレギュラーと呼ばれるモノがいる。

世界の理（ことわり）から外れ、魔法の論理すら通じない技倆（スキル）と呼ばれる力を持つ。

またの呼び名を転生者という彼らはまた、終わりのない放浪者でもあった。

――深夜のザービット王立魔法学園。

人気（ひとけ）のない校舎裏で、和装の男が夜風に吹かれながらフラフラと歩いていた。

やおら懐から小瓶を取り出し、フタを開ける。

男――太宰は肩をすくめると、不意に言葉を放つ。

「……君は脳膜炎で死んだんじゃなかったのかい」

しばしの後、背後の暗がりから一人の男が現れた。

黒いソフト帽をかぶり、黒マントを巻いた小柄な男。

「てめえだって死んでるだろが。相変わらず、青鯖が空に浮いたような顔しやがって」

男の名は――中也という。

うんざりした表情の太宰を鼻で笑うと、無造作に距離を詰めてくる。

「ちょうどいい。てめえを迎えに来た。気に食わねえが、ギルドの年寄りどもがてめえをご所望だ」

それを聞いて太宰の表情が固くなる。

「俺は行かない。悪いがそう伝えてくれ」

その言葉に構わず、中也は手を伸ばしてくる。

太宰が反射的に手を払うと、中也の姿がその場から――消えた。

「!?」

戸惑ったのは、中也が消えたせいだけではない。

さっきまでいた場所は校舎のすぐ横だったはず。

しかし二人がいま立っているのは、そこから歩いて1時間はかかる学園の演習林だ。

「中也（ちゅうや）、これは一体――」

「なんでえ、いい酒飲んでやがる。ついにヘゲモニーに尻尾を振ったか」

中也は酒瓶を大きくあおる。

「っ!?　俺の酒！」

さっきまで持っていた酒瓶がなぜか中也の手にある。

「やっぱりてめえは俺と来い。ギルドには向こうの世界と違って俺の詩を分かるやつがいる。てめえも俺と来れば、少しはパッとするぜ」

「いや俺は向こうでもそれなりに――」

中也は再び太宰（だざい）に手を伸ばす。その刹那（せつな）、二人の間を白い光が走った。

酒瓶が二つに割れて、琥珀色（こはくいろ）の液体が月光にきらめいた。

「「俺の酒！」」

ハモる二人の前に、抜き身の刀を手にした軍服姿の男が現れた。

「太宰さん、そいつから離れてください」

「三島（みしま）君か！　助かった、この男はろくでもない男でね。俺も少しばかり手を焼いてたんだ」

刃を返して峰打ちに構えなおす三島に、中也はザラリとした視線を向ける。

「てめえが太宰の腰ぎんちゃくか。まさか手加減しようってのか？」

三島は無言で刀を振る。剣技――遠当て。冒険者時代に覚えた技だ。

白い光が宙を渡り、離れた場所に立つ中也をかすめる。

「いいぞ、やってしまえ！　なあに峰打ちだから、少しくらい当てたって構うまい」

「太宰さん、僕は当てるつもりで振っている。いや、それどころか――」

焦る三島を見て、中也は馬鹿にしたように鼻を鳴らす。

「技倆を使ってるんだろ？　てめえのポンコツ技倆はなんだ」

「僕の技倆は『信念』だ。使う者の心が定まっていれば決して外れず、切れぬ物はない」

三島は刃を下に向け、刀を正眼に構え直す。中也のあざけるような笑みが大きくなる。

「俺の技倆『狂酔』の前じゃ、すべての攻撃が狙いを外れる。てめえのナマクラなんざ、豆腐だって切れねぇよ」

さらに打ちこんだ三島の刀も、悪夢でも見ているかのように当たらない。

中也は呆然とする三島の横を悠然と通りすぎ、太宰に歩み寄る。

「待て、話せば分かる！　今日のところはお開きということでどうだ」

「いいぜ、三島は見逃す。てめえは連れてくってことで手打ちだ」

「ひっ⁉」

太宰が背を向けて逃げ出すと、中也は笑いながらその後を追う。

「させるかっ！」

刀を捨てた三島が、両手を広げて体当たりを仕掛ける。

三島がめまいのような微かな違和感を覚えた瞬間、逃げたはずの太宰が三島に身体をぶつけてきた。二人は転がるようにその場に倒れこむ。

「太宰さん?! あなたは早く逃げて——」

言いかけた三島の前にあるのは見慣れた林——ではなく、底も見えない崖の前だ。

太宰が止めなければそこから身を投じていただろう。

「これは……?」

太宰は混乱する三島に手を貸して立たせる。

中也は離れた場所で、ソフト帽の端をつまみながらツバを吐き捨てた。

「へっ。気付かなきゃ、失敗した空中ブランコが見られたってのによ」

「……なるほど、そういうことか」

太宰は落ち着いた口調で話しだす。

「そういうことたぁ、どういう意味だ?」

「君の技倆『狂酔』は、攻撃を外すなんて単純なものじゃない。認識阻害と現実改変の合わせ技だ。起動のトリガーは——自分に向けられた攻撃ってところかな」

しばらく黙りこんでいた中也は、不機嫌そうに舌打ちをする。

「……てめえ、どうして気付いた」

「俺は小心者なのでね。気付け薬をちょいと足したのさ」

　太宰は懐から2本目の酒瓶を取り出した。

「君の技倆『狂酔』は、まともなやつにしか効かないとみた。俺たち寂しい酔いどれには優しいんだな」

　太宰は地面に落ちている刀を拾うと、三島に握らせる。

「よし、俺が許す。少しばかりこらしめてやれ」

「だが太宰さん、攻撃すればやつの技倆が発動するぞ」

「タネが分かればどうということはない。三島君の技倆は『信念』だろ。技倆は魔術と違って現実や概念にすら介入できる。技倆同士がぶつかれば、術者の精神性こそがモノをいうのさ」

　太宰は舐めるように酒を一口飲む。

「君は自分の技倆を信じて振ればいい。ただし――刃は上に向けろ。中身まで開いちゃ酔いがさめる」

　刀の切っ先から目をはなさずに、中也がうなるような声を出す。

「……騙されねえぞ、てめえの技倆は『嘘つき』ってんだろ。三下が技倆のルールを知るはずがねえ」

「ああ、確かに川端の先生は口が堅かったよ。聞き出すのに、ベッドではチョイとばかり手を焼いた」

　まだも口を開こうとする太宰を制して、三島が一歩前に出る。

「太宰さん、あとは僕がやります」

構えた刀は――刃が下に向いたままだ。

それまで二人を睨みつけていた中也がガクリと肩を落とす。

「……わかったよ。てめえらは強え。今日のところは引いてやる」

中也はマントのホコリを払いながら言うと、くるりと背を向ける。

追おうとする三島を、首を振りながら止める太宰。

「やめとけ。どんな罠を仕掛けてるか分かったもんじゃない」

三島は中也が姿を消した暗闇を睨みつけながら、刀を納める。

「……しかし太宰さん、あいつと知り合いなのですか」

「中也か？　あっちの世界で色々とな。さっさと帰って飲み直すぞ。三島君も付き合え」

太宰は頭をかきながら歩き出す。

と、三島は突然太宰の襟元をつかんで木の幹に身体を押し付けた。

「おい、急にどうした三島君」

「……川端さんとは、なにもなかったと聞きましたが」

「さっきのは口からでまかせだ。まさか信じたんじゃ――おいこら、聞いているのか」

三島の力強い腕が太宰の腰に回る。

「あなたの手癖の悪さは知っています。それこそ真偽は身体に聞くしかないでしょう」

「待て、場所を考えろ！」

「場所？　ここには二人だけです。昨夜のベッドとなにも変わりませんよ」

太宰のはだけた胸元が、月夜に白く浮かび上がる。

三島は太宰のあごをつかむと、強引に瞳をのぞきこんだ。

「……太宰さん、あなたが悪いんですよ」

翌日の木曜は、建国記念の日で祝日だ。

心配していた佳樹の予定も空いていて、午後から小鞠がチョコ作りを習いに我が家に来ることになっている。

散歩がてら材料の買い物に出た帰り道。

穏やかに晴れた空から視線を落とすと、地面の白い粉が目に入った。

……そういえば今日が本祭だっけ。

豊橋鬼祭。平安時代から続く歴史ある祭で、国の重要無形民俗文化財にも指定されている。

うちの近所にも鬼がくるので、小さいころは佳樹と見物に行ったものだ。

よく見れば、周りには白い粉をかぶった人がチラホラと歩いている。

なんのこっちゃと思うかもしれないが、この祭は鬼が町をねり歩いて白い粉とアメをまくので、みんなこぞって粉まみれになりに行くのだ。

さらに言えば専用のアプリで鬼の位置をリアルタイムで把握できるので、効率的に粉まみれになれる。

と、遠くでやけに可愛らしい女の子の悲鳴が響いた。きっと白い粉をまともに喰らったのだろう。用事がなければ俺もひと粉、浴びていきたかったな……。

さて、早く帰らないと小鞠が家に来る。

俺は手に下げた荷物を持ち直すと、家路を急いだ。

我が家の玄関扉を開けると、並んでいるのは佳樹の靴だけ。

まだ小鞠は来ていないようだ。

「ただいま」

一瞬の間。静まり返った廊下に俺の声が吸いこまれる。

と、リビングの扉が勢いよく開いて佳樹が飛び出してきた。

「お兄様、おかえりなさい！」

佳樹はトテトテと走り寄ってくると、俺の手から荷物を受け取る。

「お友達の小鞠さんがそろそろいらっしゃいます。さあ、お出迎えの準備をいたしましょう！」

「あ、ああ、そうだな」

いつも通りの佳樹だ。最近はどことなくぎこちなかったが、俺の気にしすぎだったかな……。

足どり軽く戻る佳樹を観察しながら靴を脱いでいると、玄関のチャイムが鳴った。

小鞠のやつ、もう来たのかな。

靴を履き直して玄関を開けると、そこには予想通り小鞠の姿があった。

――全身、白い粉まみれの。

「ちょっ!?　どうした小鞠！」

「お、鬼を近くで見ようとしたら、ひ、人ごみに巻きこまれた」

ケホッ、と小鞠が咳きこむと白い粉が舞う。それにしてもここまで粉まみれになるとは一種の才能だな……。

感心していると、背後から小さな悲鳴が聞こえた。

「小鞠さんっ?!　お兄様、お風呂にお湯を張ってください！」

「え？　あ、はいっ！」

確かに眺めてる場合じゃない。浴室に走る俺の背後から二人の会話が聞こえる。

「さあ、小鞠さん上がってください！　着替えを用意しますので」

「うぇ……で、でも粉が……」

「そんなことお気になさらず。さ、早く！」

風呂の準備をして一息つくと、脱衣所に入ってきた佳樹が粉まみれのコートを渡してくる。

「お兄様、コートをお願いします。さ、小鞠さんそれも脱いじゃいましょう」

「ちょ、ちょっ！　まま、まだ温水っ、いるっ！」

「……お兄様、早く出ていってください」

あ、はい。そうだよね。

慌てて脱衣所から飛び出すと、背後で扉がぴしゃりと閉まる。

怒濤の展開に、俺はコートを手にして廊下に立ちつくす。

……えーと、まずは粉をどうにかしないとな。

「なあ佳樹、掃除機って粉を吸っても大丈夫なんだっけ」

扉越しに声をかけると、バサリと布が落ちる音がする。

『お兄様っ?!　まだそこにいたんですかっ!?』

「え、だってコートの粉、どうしていいか分かんないし。他に脱いだ服あるなら一緒に――」

言いかけた俺の言葉を、今度は小鞠の声が塗りつぶす。

『し、死ねっ！』

……妹の前で死ねと言われた。

仕方ない、庭で粉を払うとするか。俺は溜息まじりに玄関に向かった。

——小鞠の来訪からそろそろ３０分が過ぎた。

パタパタと足音をさせて階段から降りてきた佳樹は、両手に荷物を抱えて脱衣所に向かう。

「小鞠さん、着替えを置いているので使ってくださいねー」

俺は廊下を拭き掃除する手を止める。

……

………そっか、小鞠はいま風呂に入っているのか。

さっき着替えてる時にはなにも思わなかったが、自宅の風呂に同級生の女子が入ってるのってなんかこう——モヤモヤするな。

うん、モヤモヤする。これは予想外の事態だ。俺は気持ちをクールダウンさせるべく、キッチンでコーヒーを淹れることにした。

特に深い意味はないが、コーヒー豆を手動で挽きたかったのだ。

ゴリゴリとコーヒーミルを回しながら、俺は壁のハンガーにかけた小鞠のコートを眺める。

粉を払ってから掃除機で吸い、最後はブラシで丹念に粉を落とした。

見た目では分からないほど綺麗になったので、きっと佳樹も褒めてくれるはず——。

肩をすくめながら、ハンドルを回す手を止める。

……俺がシスコンだと誤解されるのは、こういうとこかもな。

だけど昔からおやつは佳樹が作ってくれてたし、餌付けされてる自覚がないでもない。

挽き終わったのでコーヒーを淹れようとして、別に飲みたくはないことに気付く。

豆を挽きたかっただけだし、なぜ豆を挽きたかったかといえば……まずい、またモヤモヤしてきたぞ。

まだコーヒー豆あったかな。こうなったら全部挽いてやる。

棚を探っていると、ガチャリとリビングの扉が開く。

跳ねるような足取りで部屋に入ってきたのは佳樹だ。クルリと振り向き、扉の外に向かって手招きをする。

「さあ、小鞠さん！　どうぞ遠慮せずに入ってください！」

「うぇ……で、でも……こ、この格好……」

きっと佳樹の服を借りたのだろう。中学生の服を着るのは気恥ずかしいかもしれないが、小鞠の見た目も大差ない——。

おずおずと部屋に入ってきた小鞠の姿を、俺は思わず二度見した。

小鞠が身にまとっているのは、黒を基調とした膝上のワンピース——いわゆるゴスロリフアッションだ。柄物のニーソに、頭にはレースのカチューシャまでつけている。

髪もいつものボサボサ頭ではない。

飾りの付いたヘアピンで留めつつ、前髪の一部を小さな三つ編みにしている。

「……佳樹、他に貸す服はなかったのか？」

「お客様に佳樹のお古を着させるわけにはいきません。新品の服がこれしかなかったから仕方なかったんですよ？」

佳樹は俺の腕を引っ張ると、強引に小鞠の前に立たせる。

「ほら、感想はいかがですか？」

え？　服の感想といっても着ているのは小鞠だし――。

風呂上がりの小鞠は頬を軽く上気させ、恥ずかしそうに顔を伏せている。

モジモジと前髪をいじろうとした指先は空を切り、さらに顔を赤らめながらスカートをギュッと握りしめる。

あれ、いつもの小鞠となんか違うぞ……。

「え、えーと、可愛――」

「うなっ⁉」

不用意にもれた一言に、小鞠の顔が真っ赤に染まる。

「いやいや！　似合ってる！　似合ってるって言いたかっただけだし！」

慌てて言い直したが、あんまり変わってない。

「うぇ……あの、に、似合――」

言いかけてフリーズする小鞠。まずい、久々の#MeToo案件だ。

「小鞠さん、とてもお似合いですよ！　なにしろこの服は対お兄様の――――ごにょごにょ」

「ふえっ?!」

佳樹が耳元でなにかを囁くと、小鞠がヘタリ、とその場に座りこんだ。

……え？　佳樹なに言ったの？　俺、訴えられる？

「ちょっ、小鞠大丈夫か？」

手を差し出す俺を、小鞠は涙目で見上げてくる。

「……ば、馬鹿」

あ、いつもとちょっと違う罵倒だ。

なぜか俺のモヤモヤが再燃した事実は――墓場まで持っていこうと思う。

◇

ようやく始まった佳樹のお菓子教室。

佳樹は溶かしたチョコから温度計を引き上げると、笑顔で頷く。

「はい、４５℃になりましたのでボウルを氷水につけてください。底の方から、ゆっくりと混ぜてくださいね」

「え……あぅ……」

小鞠は返事かうめき声か分からない音をたてながら、湯煎していたチョコのボウルを氷水につける。

「小鞠さん、とてもチョコを混ぜる手つきに、佳樹が感心した顔をする。

「小鞠さん、とても手際がいいです。経験がおありですか？」

「うぇ？　えっと、あん、ま、その……ク、クッ、とか、ケ、ケ……」

……そろそろヤバそうだ。俺は食器を洗う手を止める。

「クッキーやケーキはちょくちょく焼くけど、チョコはあまり経験がないんだって。そうだよな、小鞠」

コクコクコク。高速で頷く小鞠。

「そうなんですね。今度ぜひ一緒にケーキを焼きましょう」

再びコクコクと高速で頷く小鞠。

……忘れてたが、小鞠って初対面の相手にはこんな感じだったな。

これでどうやって佳樹の本音を聞き出そうというのか。俺は洗った食器を拭きながら、二人の様子をうかがう。

「テンパリングの基本は温度管理です。お湯やチョコの量も含めて、環境に合わせた準備をしておけば、小鞠さんならすぐにできるようになります。いい感じに冷えましたので、今度はもう一度30℃まで上げていきましょう」

無言で首を縦に振る小鞠。もう声を出すのはあきらめたらしい。

「次はそこのトレイにクッキングシートを敷いてください。半分はそのまま固めて、もう半分は生チョコを作りましょう」

――チラリ。小鞠が訴えるような視線を送ってくる。

え、さすがにそれだけでは分からんぞ。

すると小鞠がトレイと俺の顔をしきりに見比べる。えーと、トレイがどうかしたのかな……。

「えーと、佳樹。トレイがだな……」

「はい、トレイがどうかしましたか?」

小鞠が目元で頷くのを確認すると、俺は言葉を続ける。

「トレイにそのまま入れたら、大きな板チョコになるよな。その後どうするんだ?」

「はい、板チョコをカットしてから、表面をコーティングします。コーティングで味や色を変えられますし、交換したり見学者に振る舞うなら数も必要でしょう?」

なるほど。小鞠も納得したようでしきりに頷いている。

でも、そろそろ俺を介さずに意思疎通してくれないかな……。

結局、俺も小鞠係として一緒に参加する羽目になる。

「それで佳樹、生クリームはこんなに温めて大丈夫なのか？」

「はい、生クリームは沸騰寸前まで温めてください。後はチョコと混ぜて冷やすだけです」

「ふうん、生チョコって意外と作るの簡単なんだな」

小鞠はうちのキッチンにも慣れてきたのか。手際よく作業を進めていく。

……改めて見ると、こいつ凄い格好だよな。ゴスロリ服にフリフリのエプロン。

ゴスロリはこれまで守備範囲外だったが、エプロンをつけるとメイド服っぽい。

同級生の女子がうちの風呂に入ってミニスカ、ニーソのメイド服で料理している――うん、完全に中学生の妄想だ。

けど見方によっては、妄想がここに具現化しているということでもある。

俺の視線を感じたのか、小鞠が不審そうな目で見返してきた。

「うえっ……な、なんでそんなに見てくる……？」

「いや、オデコだしてる小鞠って珍しいなって」

あ、またうかつに#MeTooしてしまった。

罵倒を覚悟して身構えていると、小鞠は手を止めずにポツリと呟く。

「ど、どっちが、に、似合う……？」

「……え？」

なんだこの会話。

チラリと佳樹の様子をうかがうが、キッチンの反対側で食品棚をさぐっている。

「えーと、いまのも似合うが、いつものが見慣れてるかなーって」

「そ、そうか……」

「お、おう……」

……だからこの会話はなんなんだ。

そもそも今日は佳樹から橘少年の情報を聞き出すのが目的で――。

「なあ、小鞠。あれどうなった？　佳樹の好きな人の話を聞き出すって」

半ば照れ隠しでそう言うと、小鞠が勢いよく胸を張る。

「うぇ？　あ、ああ、そうだったな。ま、任せろ、バシッと決めて、やる」

お願いだから無理すんな。

小鞠に期待しているのはきっかけだ。それさえあれば、ノベルゲーで身につけたトークスキルで、佳樹から話を聞き出せるはず――。

「二人でなんの話ですか？　佳樹もいれてください」

ミックスナッツの袋を手に佳樹が戻ってくる。

刹那、視線を交わす俺と小鞠。小鞠が一歩、前に出る。

「か、佳樹――ちゃん！」

「はい？」

いいぞ小鞠、さりげなく恋バナとか始めてきっかけを――。

小鞠はさらに間合いを詰めると、裏返った声で叫ぶ。

「す、好きな人の話っ！　おっ、教えて！」

待て、なにぶっこんでやがるんだ。

慌てる俺の前、佳樹は丸い目をぱちくりさせる。

「佳樹の好きな人――ですか？」

「「そ、そう……！」」

思わずハモる俺たちを見て、佳樹はクスリと笑う。

「秘密じゃないですけど、相手の方に迷惑がかかっちゃいます」

「え、じゃあやっぱ好きな人が――」

佳樹は俺の唇に人差し指を当ててると、無邪気な笑みを浮かべた。

「んー、教えてあげてもいいんですけど。最近、佳樹の周りに悪ーいイタズラ妖精さんが飛んでるんです」

「「っ！」」

俺と小鞠は思わず後ずさる。

「お、お前の妹、ふ、不思議ちゃん……？」

違わないけどちょっと違う。

佳樹は笑顔のまま、俺と小鞠の顔を順番にのぞきこむ。

「その妖精さんは佳樹の行く先々に現れたり、姿を変えてお友達をダマしたり、佳樹の秘密を探ろうとしたり――はい、あーん」

佳樹はチョコの欠片(かけら)を俺と小鞠の口に入れてくる。

「そんな悪いことばかりするんです。お二人はどう思います？」

そしてとっておきのエンジェルスマイル。

怯(おび)えた小鞠が俺の腕にしがみついてくるが、正直俺も怖い。

「え、えーと、イタズラは良くないよな。でもその妖精さん、いい妖精さんかもしれないぞ？正義のストーカーみたいな」

「そ、そんなのは、いない。反省、しろ」

小鞠は佳樹の後ろに回ると俺を責めだす。こいつ、寝返りやがった。

佳樹は俺の顔を両手で挟み、吐息がかかるほど顔を近くに寄せてくる。

「だからそんな悪い子には――教えてあげません」

◇

冬の夕暮れは短い。

洗濯した小鞠の服が乾くのを待っているうちに、外はすっかり暗くなっていた。

玄関を閉めて振り返ると、小鞠が外灯の白い光の外で、落ち着かない様子で立っている。

「え、えと、別に送らなくても大丈夫、だから」

「そうもいかないって。もう暗いし電停まで送るよ」

……それに送らないと佳樹に怒られるからな。

俺は苦笑いしながら小鞠の手からカバンを取って歩き出す。

と、小鞠が固まったまま立ち尽くしているのに気付く。

「あ、ごめん。佳樹と出かける時のクセでつい――」

カバンを返そうと差し出すと、小鞠はそれを無視して俺の隣を歩きだした。

「あ、ありが、と」

「え？　ああ、いや別に……」

あれ、罵倒が飛んでくるかと思ってたのに調子狂うな……。

なんとなく続く無言の中、人気のない住宅街を歩く。

……えーと、なんか話した方がいいよな。

「小鞠、今日はありがとな。妹のことでわざわざ来てもらって」

「ま、まあ、このくらい、いつでも任せとけ」

小鞠は恥ずかしそうに、佳樹が作った前髪の三つ編みをいじる。

「佳樹から情報を引き出すのはうまく行かなかったけど」

自嘲気味に呟（つぶや）く俺に、小鞠がドヤ顔で頷（うなず）く。

「あ、ああ。もう一息、だったな」

そうだっけ……？　まあ本人がそう言うなら……そうかな……。

「つ、次の作戦は、どうする？」

え、まだ続けるつもりか。悪いが、俺と小鞠の二人じゃ佳樹に勝てる気がしないぞ。

「俺が様子を探ってることが完全にバレてるし、少し様子を見ることにするよ」

「い、いいのか？」

「こうなったら冷却期間も必要だろ」

こうして落ち着いて考えてみると、もう一つ気になることがある。

俺は隣を歩く小鞠を見下ろす。

「な、なに？」

「いや、小鞠はどうしてこんなこと手伝ってくれたのかなって」

「うえ……え、えと」

八奈見（やなみ）や焼塩（やきしお）は面白がってるんだろうなーってのは分かる。

だけどなぜ、小鞠がここまで首を突っこんでくるのだろう。

しばらく口をパクパクさせていた小鞠が、絞りだすように答える。

「しゅ、週末、見学会なのに、お前、部室来てないだろ」

「あー、いや、ちょっと今週はバタついてて――」

「ら、来年、新入生来なかったら、つ、潰れるぞ。反省、しろ」

……返す言葉もない。

見学者が全員ツワブキ生になるとは限らないが、受験を視野に入れているのは確かだ。

早い段階から、好印象を抱いてもらうに越したことはない。

「俺はツワブキの見学会に参加しなかったけど、当日はどんな感じなんだ？」

「わ、私も参加、してない。知らない人と話すとか、無理」

……うん、だよな。

今度の見学会、焼塩は陸上部の方に行くらしいし、八奈見も文芸部とは別に見学者を案内するから、こっちには途中参加だと聞いている。

コミ障二人で見学者の接待とかできるのかな……。

「そもそも、そんなに人が来るのか？」

「せ、先輩に聞いたら結構、来るらしい。じゅ、順番に見て回る感じで」

そっか。実際に入部を決めるわけじゃないから、そんなに興味はなくても気楽に見ていく人がいるのか。

だけどそんなフランクな感じは苦手だし、最初は子猫の画像とか流しておいて、八奈見が来てから本気を出せば――。

そんなことを考えているうちに、住宅街を抜けて大通りに出た。

横断歩道を渡れば路面電車の電停だ。

ここまで送れば充分だろう。帰って、遅れている原稿を進めるとしよう。

カバンを渡そうとすると、小鞠が小走りで横断歩道を渡りだす。

「し、信号変わるぞ」

「え、ちょっと」

仕方なく後を追い、電停に滑りこんだ途端に信号が変わった。

……これは路面電車が来るまで一緒に待つパターンだ。

通りを走る車をボンヤリ眺めていると、小鞠が俺の持つカバンに手を突っこんでくる。

「小鞠、どうした」

「え、えと、今日作ったチョコ」

言いながら取り出したのは、ラッピングされた小さな袋。

中には今日作ったチョコが入っている。

「あれ、ラッピングなんかいつしたんだ？」

小鞠はそれには答えず、目を逸（そ）らしたまま俺に袋を突き出す。

「し、試食しろ」

「試食なら作ってる時——って、分かったたって」

なんでこんなにグイグイくるんだ。

こいつ、たまに変な風に押しが強いよな……。

あきらめて受け取ると、リボンで口をとじた透明な袋の中には4種類のチョコ。

試食といっても味はひと通り……あれ？　確か今日作ったのは3種類だぞ。

ミルクとビター、ラズベリー——それに加えて、一つだけ赤みの強いハート形のチョコが入ってる。

ひょっとして記憶が飛んでるのかな。最近ちょっとつらいこと多いし。

包みを開けて、さりげなくハート形のチョコを口に入れる。

舌に広がるほろ苦い甘み——これ、カシスの味だ。

そういえば、こないだ佳樹(かじゅ)がこれと同じようなのを作ってた。その時余ったソースを使ったというわけか。納得はしたが、いつの間に作ったのか全然思い出せないな……。

必死に記憶を掘り起こしていると、小鞠(こまり)が俺をジッと見ていることに気付く。

「……どうした小鞠」

「うえっ?!　ぜ、全然見てない、し」

やっぱ見てたじゃん。

「チョコなら美味かったぞ。これで日曜も大丈夫だな」

「に、日曜……？」

「だって、文芸部の女子で友チョコ交換するんだろ。ついでに見学者にも配って女子力を見せつけるとかなんとか」

「う、うん。でも、や、八奈見がそう言ってるだけで、友チョコと言えるか、どうか……」

消えそうになる語尾に、俺は思わず言葉を重ねる。

「なに言ってんだ。焼塩と八奈見さん、お前の友達だろ」

俺はチョコの入った袋を小鞠に突き出す。

しばらくうつむいていた小鞠は黙ってコクリと頷くと、チョコを一つつまむ。

「な、美味いだろ」

芝居がかった口調で言う俺に、小鞠が答える。

「ま、まだ食べてない、し」

小鞠はチョコを口に入れると、はにかむように微笑んだ。

翌日になっても、甘いカカオの香りが襟元に漂っている。

そんな錯覚が抜けないまま、金曜日の授業が終わってHRの時間になった。

昨日の夕方。あれ以上言葉を交わすでもなく、路面電車が来るまで小鞠とすごした数分間。

なんとなく最近の文芸部への不義理が許されたような気がした。

舌に広がるカシスのほろ苦さを思い出していると、いつも通りやさぐれた感じで甘夏先生が教室に入ってくる。

「えー、みんな揃ってるな。日曜の学校見学会について連絡事項がある」

ゴホン。甘夏先生は咳払いをして話を続ける。

「当日、学校に来るのは見学者案内に立候補したやつと、部活の見学対応をするやつだけだ。他の連中は間違って学校に来るなよ。おい、日直はこのプリントを配ってくれ」

日直の生徒がプリントを配る。

回ってきたプリントには当日の予定と、事前の設営について書かれている。

……えーと、見学会は13時から開始。前半は在校生が校内を案内し、それからはフリータイムで自由に校内を見て回るのだ。

部室にはいつ見学者が来るか分からないし、案内に立候補していない俺は、ずっと部室で待機だな。

プリントがいきわたったのを確認すると、甘夏先生が説明を始める。

「当日の見学者案内をするやつらは、説明があるからこれが終わったら体育館に行け。それ以外の連中は設営だ。うちのクラスは1階の掲示物担当だから、割り振り表の通り頼んだぞ。終わったら、そのまま帰っていいからなー」

言い終わると、甘夏先生は仕事は終わったとばかりにドサリと椅子に座る。

「あー、みんな知ってる通り、学校見学会はお前ら生徒が主役だ。ツワブキ高校を志望する中学生たちに実際の高校生活を知ってもらう。そのために見学会があるんだ」

……あれ、めずらしく先生が真面目な感じだ。

月に一度あるかの確変モードに、俺たちは気を引き締める。

「だから運営も生徒会が中心だし、当日の案内も希望者にやってもらうことになっている」

甘夏先生はうっすらと笑みを浮かべて俺たちを見渡した。

「そして我々教師陣も――ボランティアだ」

確変モード終了。甘夏先生の周りにどす黒いオーラがあふれていく。

「いや別に不満を言ってるわけじゃないんだぞ。日曜が潰れて代休もないとか、仕事じゃないから手当もないとか、じゃあなんで職員会議で打ち合わせするんだとか色々思うところはあるけど、生徒をサポートするのは教師の仕事――」

と、突然教卓をドンと叩く甘夏先生。

「って、仕事じゃないって建前だったよな！　建前守れよ私！」

さあ、いつもの先生が戻ってきた。

甘夏先生は教卓に突っ伏すと、うめくように言葉をもらす。

「先生なあ……学年末テストの採点も終わってないんだぞ。土曜は採点でつぶれて、日曜日はボランティアでいつ休むんだ……?」

黙って見守るクラスの視線を意に介せず、先生はまだも一人語りを続ける。

気持ちは分かるが俺たちに言われても。この先生には三学期になっても慣れないな……。

「先生が独身なのはモテないいんじゃなくて、出会いがないだけだからなー。私の友人が『適当に美味しそうなの摘まめばいいいじゃない』とか言うけど、男は枝豆じゃないいんだぞー」

その友人、小抜先生だ。間違いない。

酔っ払いなみにグダる甘夏先生は、教卓に伏せたままプリントをピラピラさせる。

「えー、先生の小粋なトークはここまでだ。掲示物は印刷室にあるから、さっそく準備に取りかかってくれ。はい、かいさーん」

……相変わらず締まりのない感じで終わったな。戸惑うように動き出すクラスの連中に混じって俺も立ち上がる。

えーと、俺は見学者案内の担当じゃないから掲示物の設営だな。プリントの割り振り表だと、玄関周りに案内図を貼ればいいのか。

さて、とっとと終わらせて文芸部の準備に向かうとしよう——。

「温水も案内図の担当か。一緒に行こうぜ」

話しかけてきたのは袴田草介。爽やかな笑顔で俺の肩をポンと叩く。

「あれ、袴田は見学者案内の方じゃないんだ」

「ああ、日曜はヤボ用があってな。俺にも色々あるんだって」

そう言って苦笑いする袴田。

確かに日曜はバレンタインだしな。そんな日にわざわざ見学者案内までしたがるのは、よほどバレンタインに縁遠い連中だ。

「おーい、温水君。私、体育館で説明聞いてから部室に行くねー」

八奈見が俺の肩を叩いてくる。

「あ、うん。俺も終わったら部室行くから」

「草介、温水君をいじめちゃダメだよ」

バレンタインに縁のない娘が、手を振って教室を出ていく。

「おーい、ぬっくん！」

もう一人の縁無き娘の焼塩が、俺の背中をバシンと叩いてくる。痛い。

「え、なに。痛いんだけど」

「あたしも説明聞いてから陸上部のほう行くね」

そうなんだ。なんで俺に報告した。

「えーと、焼塩は当日も陸上部のほうだよな」

「うん、借りはそのうちまとめて返すから。じゃーね！」

焼塩は軽く手を合わせてから教室を飛び出していく。

相変わらずやかましいやつだな……。

呆れていると、袴田が軽く腕を小突いてくる。

「なんだよ温水、モテモテじゃん」

「ええ……袴田まで俺をイジらないでくれ」

「悪い悪い。でもお前、一学期のころに比べたら全然違うだろ」

一学期のころ、か。俺は困り笑いで返事をしながら、袴田と連れ立って廊下を歩く。掲示物を受け取りに印刷室に向かうのだ。

歩いていると、すれ違う女子の視線を感じる。気のせいではない。俺たちの方を見ながらヒソヒソ話をする女子までいるのだ。これが袴田効果というやつか。

「どうした温水、あんまりジロジロ見られると照れるんだけど」

「いや……袴田って大変だなって。歩くだけで女子にこんなに見られるとか」

イケメンジョークをスルーしながら言うと、袴田が意外そうな顔をする。

「違うだろ、見られてるのはお前だぞ」

「……へ？」

なんだそれ。俺、ネットにさらされたりでもしたのか。こないだ精文館書店のコミック売り場で、新刊の表紙を見ながらニヤニヤしてたのがいけなかったのか……？

怯える俺の肩を叩く袴田。

「温水、ちょっとあそこの前に立つぞ」

「え？　ああ、分かった」

言われるままに廊下の掲示板の前に立つと、俺たちの背後にいた女子がヒソヒソ話を始めた。

『あれ？　マジでカッコ良くない？』『違うって隣の方』『あー……普通』『うん、普通だよね』

……やたら普通と言われてる。普通でないやつと一緒にいる以上、俺のことに違いない。

それはそうと俺、女子から見て『普通』なのか。意外と高評価だな……。

ヒソヒソ女子が通りすぎると、袴田が軽く肩をすくめる。

「年末の体育館の件以降、結構話題になってるんだぜ」

体育館の件って――転びそうになった志喜屋さんを抱きとめたことか？

確かにグンニャリ冷たくて、いい匂いはしたけど……。

「あれは不可抗力だから。決してセクハラとかそんなんじゃないって」

「なに言ってんだよ。お前が生徒会の人たちと修羅場ってるとか、二股かけてるとか噂になってるんだぞ」

……は？

「待って、そんなんじゃないし。どちらかといえば俺って色々巻きこまれてる側だぞ？」

「まあ俺は、お前がそんなやつじゃないって分かってるけどさ」

うんうんと頷く袴田。なんか二学期の最後もこいつにそんなこと言われたな。

となると、次にくる展開は——。

「分かってるけど、どこかではっきりさせた方がいいぞ。キープしてるとか遊ばれてるとか、誤解を与えないようにしないと」

「本当に分かってる？」

「うんうん、分かってる分かってる」

……こいつ、絶対に分かってない。俺は確信を深めながら、袴田をまねて肩をすくめた。

張り紙の設営はつつがなく終わった。

その後部室に直行した俺は——テーブル越しに小鞠と向かい合っていた。

「さ、さあ、原稿を出せ」

小鞠が指先でテーブルをトントン叩く。そう、これから部誌の作成が始まるのだ。

俺は真面目な顔で頷く。

「うん、そうだな。原稿がなければ部誌は作れない」

「の、残るはお前の原稿だけだ。や、八奈見のも、そろったぞ」

八奈見恒例のコンビニ小説も完成し、後は俺の原稿を待つばかり。

俺はもう一度、鷹揚に頷いてみせる。

「俺の原稿が気になるのも当然だ。——だが、こうも考えられないだろうか」

「きゃ、却下だ」

ひどい、まだ言ってもないのに。

「待て、最後まで聞いてくれ。今回作るのは見学者向けの部誌だろ。部の活動を知ってもらうのが目的なんだから、一緒に部誌を作ろうかと思うんだ」

「そ、それは却下済み、だ」

「だから聞いてくれって。今回の部誌はコピーした原稿をホッチキス留めして、製本テープで仕上げるだろ？　まず原稿は印刷だけしておいて——」

俺は一枚の紙を取り出す。

「自己紹介シートを作ったんだ。見学者にプロフィールや好きな本を書いてもらって、一緒に部誌に綴じこんでもらう。そうすることで、その人だけの一冊になるんだ」

小鞠は自己紹介シートを手に取ると無言で睨みつける。

「他にも利点はあるぞ。好きな本が分かるから、それをきっかけに会話が盛り上がるだろ」

そう、仲良くなるには趣味の話題が一番だ。

自信満々の俺に、小鞠の疑わし気な視線が向けられる。

「だ、誰が盛り上げるんだ……？」

「……え？」

八奈見はあまり本とか読まないよな。つまり、俺と小鞠か。そうか……。

「えっと……見学者同士で盛り上がってもらうとか」

「そ、そうだな……」

いかん、なんか暗くなってきた。

俺は咳払いすると、あらためて小鞠に向き直る。

「まあ、そういうことなので。今日は俺以外の原稿を印刷しておこう」

「つ、つまりお前の原稿は――？」

小鞠がジト目を向けてくる。俺は深々と頭を下げる。

「当日までには完成させますので、もう少しだけ待ってください」

「さ、最初から、そう言え」

これぞ屈辱――と思うのは浅慮というやつだ。頭を下げるだけで〆切破りが許されるのなら、むしろ勝利と言ってもいい。

額を机に当てたまま笑みを浮かべていると、部室の扉がガチャリと開いた。

「すいません、温水(ぬくみず)さんはいますか——」

扉を開けたのは馬剃天愛星(ばそりていあら)。

俺と小鞠の様子をジッと見つめると、ドアノブを握りしめたまま半歩後ずさる。

「……ええと、取りこみ中でしたか」

「いや、大丈夫。なにかあったの?」

よし、これで原稿の話は終わりだ。

意気揚々と立ち上がった俺に、天愛星さんが剣呑(けんのん)な視線を向けてくる。

「はい、温水さんにお説教をしにきました。少し外でよろしいですか?」

え、なにそれ怖い。

「えーと、やっぱ取りこみ中でした。大事な打ち合わせ中なんです」

「さっきのが?」

「テーブルの表面が冷たくて頭が冴(さ)えるんです。な、小鞠?」

助けを求めて視線を向けると、小鞠は部室の隅でジッと固まっている。

なかなかの気配の殺しぶりだ。腕を上げたな。

感心する俺の背中をグイグイと押す天愛星さん。

「さあ、こっちに来てください」

「え、ちょっと」

俺を強引に部室から連れ出すと、天愛星さんは腰に両手を当てて睨みつけてくる。

「温水さん。体育館での説明会、なんで来なかったんですか？」

……へ？　それって、見学者案内に立候補したやつが対象だよな。

「俺、案内の担当じゃないって。当日は来るけど、部活の見学対応だけだし」

「はい？　担任の甘夏先生に、説明会に来るよう伝言を頼んでいたのですが」

え、あの人にそういうのは無理だぞ。なにしろ甘夏先生だ。

俺の表情で察したか、天愛星さんが溜息をつく。

「伝達ミスなら仕方ありませんね。では改めてこれをどうぞ」

話についていけないまま、差し出された説明資料の冊子を手に取る。

「急な話ですが、本日あなたに見学会の案内を頼みたいという指名がありまして」

「え、指名制度とかあるの？」

「はい、知り合いに案内して欲しいとか、気になる部活の話を聞きたいとか。希望にはできるだけこたえることにしています」

俺に指名といったって、中学時代の後輩なんていないし、文芸部の入部希望者だったりするのだろうか。

「俺に案内して欲しいってどんな人？　優しい人だといいな」

「あなたが案内する側ですからね。ほら、急な名簿の差し替えで大変だったんですよ」

天愛星さんが細い指で説明資料の名簿を指す。

えーと……俺が案内するのは桃園中の5班か。名簿には三人の名前が並んでいる。

権藤アサミ、橘聡、そして――温水佳樹。

文芸部活動報告　～増刊号　八奈見杏菜『お正月の置き土産』

私はいつものコンビニで朝ご飯です。

最近のイートインコーナーのお供は『炭火焼き鳥（塩）』です。理由はあえては言いません。

気になる人は成分表を見てください。そうです。炭水化物の欄です。

具体的な数字は忘れましたが、とても低いので優勝です。

しかも今日はカフェラテではなく、ホットコーヒーのブラックです。

これも色々と低いので優勝です。2連覇です。

最近はコーヒーの味わいを『軽め』から『濃いめ』まで選べるようになりましたが、今朝の気分は濃いめです。

最近は家を早く出るのをやめたので、○○君が登校する光景は窓の外には見えません。

「A子さん、最近は肉まん食べないんだ」

余計なことを言いながら声をかけてきたのは同じクラスの××君です。

最近イートインコーナーで一緒になります。

ちなみに私が前によく食べてたのは豚まんです。実ににわかです。

彼はいつも席を二つ空けて座ってきます。意識しすぎでキモイです。

色々と無神経な彼ですが、今日は極めつけです。こともあろうに今朝はアメリカンドッグを食べているんです。

そうです。アメリカンドッグは成分表示の炭水化物が30g超えなんです。

私も食べたいです。

しかも今日に限ってコーヒーではなくホットカフェラテを飲んでいます。

私も飲みたいです。

でも一口くらいはもらってもいいかなと思っていると、××君にうちの学校の女子が話しかけています。

二人はヒソヒソ話をしていましたが、しばらくすると女子は××君のアメリカンドッグを一口かじって店を出ていきました。

・・・誰だか知らないけど、人の食べ物を欲しがるなんて意地汚いです。
食べ終えた焼き鳥の串をプラプラさせていると、××君が笑いながら話しかけてきます。

「A子さん、ひょっとして足りないの？」

この人は相変わらず失礼です。

私が無視していると××君はなにかを差し出してきました。豆腐バー柚子胡椒風味です。

これ1本で10gのたんぱく質がとれ、もっちり弾力のある食感が特徴です。

「最近ダイエットしてるみたいだから差し入れ」
・・・やっぱりこの人は失礼です。
私はもらった豆腐バーを食べながら、さっきの女子のことを考えます。

アメリカンドッグ一口と豆腐バーなら、私が勝ちだと思います。

思うけど、なんとなくモヤモヤするのはなぜでしょうか・・・

原稿の印刷を終えた俺は、学校からほど近い通り沿いのパン屋の前にいた。
帰ろうとした矢先、八奈見に呼び出されたのだ。
ここのパンは八奈見によく食わされるが、来るのは初めてだな……。

キョロキョロと見回しながら中に入ると、ちょうど八奈見が会計をしているところだ。

「おー、来たね温水君。はい、これあげる」

そう言って俺にパンを渡してくる。食パンの間にアンコを挟んだ『おぐらパン』だ。

八奈見の常食の一つで、調子のいいときは週に8回くらい食ってる。

「ありがと。じゃあ俺は飲み物買うよ。牛乳でいい？」

「オッケー」

八奈見は手を振りながら店の奥に行く。テーブルと椅子があって、中で食べることもできるようだ。

牛乳を手に向かいの椅子に座ると、八奈見がパンの包みを開けながらニヤリと笑う。

「温水君、成長したね」

「え、なにが」

俺は警戒しながら牛乳のパックにストローをさす。

「だって少し前の温水君なら、会って2秒で用件聞いてきたじゃん。そのころに比べれば、ちゃんと会話をするようになったよね」

おぐらパンにかじりつく八奈見。

それは八奈見相手に直球を投げても、まともな球が返ってこないことを学んだ結果ではなかろうか……成長なのかな……。

「そう言われると用件聞きにくくなるんだけど。なんで俺をここに呼び出したの？」

「え、だってお腹空いたから」

ほら、やっぱり会話にならない。俺は溜息をこらえつつ、パンの袋を開ける。

「八奈見さん、大体お腹空いてるよね。えーと、わざわざ呼び出したってことは、俺に用事があるんじゃないのってこと」

もちゃもちゃとパンを頬張りながら、八奈見が薄い冊子を取り出す。

「ふぉへふふふぃふふんのふん、ふぉっふぇふぃふぁふぇふぁ」

食いながらしゃべるな。あれ、この冊子って。

「見学者を案内する人の説明資料だろ。俺の分、持ってきてくれたんだ」

パンをゴクリと飲みこむ八奈見。

「温水君、名簿に名前あるのに来なかったでしょ。説明してあげようと思って」

「それなら馬剃さんが説明してくれたから大丈夫。当日１３時に体育館で顔合わせするんだろ」

「え」

ストローをさそうとしていた八奈見が手を止める。

「なんであの子が？　わざわざ温水君だけに？」

「だって見学会って生徒会主催だし。俺が説明会にいなかったから来てくれたんじゃないか」

なぜかジト目で俺を見る八奈見。

しばらくして気が済んだのか、肩をすくめながら冊子を広げる。

「まあいいか。温水君が案内する橘君って、豊川稲荷で妹ちゃんとデートしてた子だよね？」

「いや、あの場に佳樹はいただろうけど橘君がいたかは不明だ」

俺は表情を引き締めると、八奈見をまっすぐ見つめる。

「……八奈見さん、シュレディンガーの猫って知ってる？」

牛乳を飲んでいた八奈見は、ストローから口を離すと不思議そうに首を傾げる。

「それってあれだよね。箱を開けたら猫が死んでるってやつ」

近いけどちょっと違う。

「この場合、観測するまでは事象は確定しないってことだ。佳樹と橘君が友達なのは否定しない。だがデートをしたり、ましてや付き合ってる証拠はないんだ」

八奈見は呆れたように首を振る。

「まだそんなこと言ってるの？　檸檬ちゃんに桃園中での話を聞いたよ。妹ちゃんと橘君、ラブラブなんでしょ。バレンタインもデートの約束を――」

ようやく気付いたのか、八奈見が目を丸くする。

「ああ。佳樹と橘君のバレンタインデーの約束とは、学校見学会のことに違いない。ツワブキを目指す友人同士、一緒に見学会に来るのは普通だろ」

「じゃあ人前で話せないような、恥ずかしい話ってのは？」

「佳樹も思春期の女の子だしな。実の兄に案内を頼むのは恥ずかしいんじゃないか？」

「……妹ちゃん、そんな子だっけ」

そんな子です。八奈見は頬杖（ほおづえ）をつきながら首を傾げる。

「じゃあ本気の手作りチョコは？」

くっ、そこを突いてくるか。俺は牛乳を一口飲んでカルシウムを補充する。

「いやまあ……チョコは友達にだってあげるだろ。もちろん佳樹に好きな人がいたっておかしくないのは――まあ、理屈では分かってる。佳樹本人から言われない限り、決めつけるのは止（や）めようって話だ」

「うん、それでいいんじゃないかな」

八奈見は偉そうに言うと、牛乳の残りを一気に飲み干す。

「あんまり反対するとさ。妹ちゃん、イザって時に相談できなくなっちゃうじゃん」

「まあ……そういうもんかな」

「そういうもんだよ温水君。中学生で彼氏がいるなんて普通だし」

なんとなく、この件で八奈見に反論しちゃいけない気がする。なんとなく。

「とはいえ、そうと決まったわけじゃないからな？」

「おぉ……往生際（おうじょうぎわ）が悪いね」

なんとでも言うがいい。俺はおぐらパンの端をちぎると口に入れる。

「温水君、なんでそんなにチビチビ食べるの？」

八奈見が本気で不思議そうな顔をする。

「1個食べきれるかなって。それにこの時間にたくさん食べると、夕飯が入らなくなるだろ？」

「大丈夫、入るから」

八奈見は力強く断言する。

「え、でも」

「もっと自分を信じて。私なんて無意識に2個買っちゃったのを、1個で我慢したんだからね」

パンをくれたの、そんな理由だったのか。

それに八奈見、なんか食べかけのパンを見つめてくるぞ……食べにくいな……。

「えっと……半分食べてくれる？」

圧力に負けてそう言うと、八奈見は今日一番の笑顔で手を差し出した。

「仕方ないな、手伝ってあげる」

Intermission　友情と夜の狭間で

桃園中学校園芸部。

日は沈み、小さな温室は古びた蛍光灯の光で照らされていた。

そこで一人、鉢植えの松と向き合っているのは2年1組、権藤アサミ。

剪定ばさみを手に、身じろぎもせずに立っている。

「……ヌクちゃん、ここは用事がない人は立ち入り禁止じゃんね」

枝から目を離さずに、低く呟く。

温室に入ってきたのは温水佳樹。長い黒髪を揺らし、柔らかく微笑む。

「生徒会のお仕事だよ。ゴンちゃん、今月分の生徒会報です」

ゴンちゃんは肺を空にするように大きく息を吐くと、はさみを鉢植えの横に置く。

「ありがと。今日も遅いじゃんね」

「うん、副会長がこんなに大変とは思わなかったよ。でも卒業生を送る会、成功させたいから」

佳樹は生徒会報を渡すと、机の上の鉢植えをのぞきこむ。

手を伸ばすように枝を張り出した小さな松。

「ゴンちゃん、盆栽好きなんだね」

「去年、顧問の高松（たかまつ）先生が定年したじゃんね。その時、置いていってくれたんよ」

ゴンちゃんは再びはさみを手に取ると、ジッと枝を見つめる。

佳樹はその姿をしばらく見ていたが、意を決したように口を開く。

「いいの？」

「……なにが？」

もう一度、勇気を振り絞る。

「橘（たちばな）君のことだよ。ゴンちゃん、昔からずっと仲がいいんでしょ？」

「子供会が一緒だったでね。家族みたいな友達みたいな、不思議な仲じゃんね」

ゴンちゃんに一瞬、懐かしむような笑みが浮かぶ。

だが、次の瞬間には興味のなさそうな、そんな顔になる。

「……佳樹はゴンちゃんのこと、一番のお友達だと思ってる。だから橘君の気持ちを聞いた時は驚いたし、一番にゴンちゃんに相談したよね」

佳樹はそのまま返事を待つ。

どれだけ待ったのだろう。佳樹は覚悟を決めたように再び口を開く。

「ゴンちゃん、本当に付き合うことになってもいいの？」

パチン。ゴンちゃんの手の中で、はさみが空を切る。

「そうなったら――なっただら？」

頑(かたく)なな友人の姿を見て、佳樹(かじゅ)はスッと背筋(せすじ)を伸ばす。

「明後日(あさって)の14日——きっと告白することになると思う」

「……変わらないよ。私も聡(さとし)も」

その友人の言葉に、佳樹は静かに頷(うなず)いた。

～4敗目～　手放す覚悟

ツワブキ高校見学会当日。

時計の針は12時半。文芸部の部室で総勢4名の部員がテーブルを囲んでいた。

女性陣は視線を交わし合うと、焼塩(やきしお)が先陣を切って勢いよく箱を取り出した。

「じゃああたしが一番だね！　はい、自信作だよ」

箱のフタを開けると、中にはグニャリとした形のチョコが並んでいる。

黙りこむ八奈見(やなみ)と小鞠(こまり)が俺に視線を送ってくる。

つまり俺に感想を言えってことだよな……。

「ああ、よくできてるな。あれだろ、生物の授業で習ったアメーバ――」

「こっちがツワブキの花で、こっちが葉っぱ。……ぬっくん、なんか言った？」

「なにも言ってないぞ。なるほど、これがツワブキの花――」

「葉っぱ」

「じゃあこっちが花か」

「それも葉っぱ」

……なんだこの難易度の高さ。海外サイトの画像認証か。

焼塩が俺にジト目を向ける。

「ちょっとぬっくん、さっきから失礼じゃない？」

確かにそうだ、ちゃんと味で評価しよう。俺はグンニャリした固まりを口に入れる。

砂糖の甘さとサリサリした食感が舌に広がる。

なんか、カバンの底に半年くらい眠ってたチョコの味がするな……。

「えーと、うん……美味しいよ。熟成された時間を感じるというか」

言葉を選びながらそう言うと、焼塩は不思議そうな顔をしながらチョコを食べる。

「そっか、あたしはマズいと思うけど。ぬっくんて変わった好みだね」

え、そんな。俺だってマズかったぞ。

そのやり取りを聞いていた八奈見が興味を持ったのか。チョコを口に放りこむ。

「あー、これはあれだよ。温度があれだね。でもわりと癖になるというか、土壁みたいな食感が懐かしいというか」

もしゃもしゃもしゃ。食べ続ける八奈見。なんでこいつ土壁の食感に詳しいんだ……。

「え、えっと、私が作ってきたのこれ、だけど」

今度は小鞠がタッパーを取り出す。中には先日、我が家で作ったチョコが並んでいる。

ビターにミルク、そして果肉入りのラズベリーの3種類――。

「あれ、赤いハート形のやつはないのか？」

何気なく言うと、小鞠の動きがピタリと止まる。

「どうした小鞠？」

「あ、あれ、1個だけ！　その、材料が足りなく、て！」

ああそうか。うちで余ってたソースを使ったんだっけ。

分かったけど、なんでそんなに顔を真っ赤にしてるんだ……？

早くも焼塩チョコの大半を平らげた八奈見が、小鞠チョコに視線を向ける。

「八奈見さん、これ見学者にも食べてもらうんだからな？　全部食べちゃダメだよ？」

「分かってるって。それに私も作ってきたんだよ」

フフンと得意気にカバンに手を突っこむ八奈見。

「八奈(やな)ちゃんはどんなチョコ作ったの？」

小鞠のチョコを食べながら、焼塩。

「あれだね、みんなの夢をかなえてあげたい。そんな気持ちをこめたチョコだよ」

ずいぶんと大きく出たな。

八奈見はケーキでも入れるような背の高い箱を取り出すと、もったいぶってフタを外す。

「じゃーん、八奈見ちゃん特製チョコです！」

中にはソフトボール大の球体チョコが1個だけ入っている。

思わず黙りこむ三人を代表して、俺が口を開く。

「えっと……これ1個だけ？」

「だよ。思いきって全部の材料をこの1個につぎこんでみたの。いやー、これだけ綺麗に丸くするのって大変だったんだからね」

「で、これどうやって食べるんだ」

俺のもっともな質問に、不思議そうに首をかしげる八奈見。

「え？　普通に丸かじりすればいいじゃん」

言って一口かじると、チョコ球を焼塩に渡す。

焼塩も戸惑いながら一口かじると、小鞠を経て俺の手に回ってきた。

並んだ3つの歯形を見ながら、俺は一番遠い反対側を小さくかじる。

味は——チョコだな。うん、普通にチョコだ。

「……これ、見学者に出しちゃダメだからな」

チョコ球を丁寧に箱にしまい直すと、八奈見はムッとした顔をする。

「温水君、人にダメだしするくらいなら自分も持ってきたんだよね？」

「え？　俺も持ってこなくちゃだったの？」

「もちろんだよ。ちゃんと言って——はないけど、雰囲気とか忖度とかってあるじゃん。チョコくらい用意しとかなきゃ、この先やってけないよ？」

ええ……将来、八奈見だけは上司にしたくないな。あ、でも——。

「出がけにチョコもらってきたから、手作りじゃなくて良ければ」

カバンからチョコの箱を取り出すと、三人娘が目を丸くする。

「お、お前、だ、誰にもらった?」

「温水(ぬくみず)君が自分で買ったんだよ。カルミアでしょ? あそこ美味(おい)しいのたくさんあるしね」

なんか失礼なこと言われてる。

「いや、ちゃんともらったんだって。いくら俺でもそんな悲しい嘘つかないぞ」

と、焼塩(やきしお)が俺の手から箱を取りあげる。

「へえ、ぬっくんやるじゃん。どんな子だった?」

「どんな子って――母親にもらったんだけど」

腰を浮かせかけていた八奈見(やなみ)と小鞠(こまり)が、溜息をつきながら座り直す。

「そ、そんなことだと、思ってた」

「そんなとこだね、温水君だし」

俺のチョコを勝手に開けて食べ始める女性陣。

なぜチョコを奪われた上にディスられなきゃいけないんだ。

「家を出る時、みんなで食べろって持たされ――だからって八奈見さんが全部食べていいわけじゃないからね? 聞いてる?」

チョコの箱を取り戻しながら、今日の段取りを頭の中で整理する。

──この後、小鞠以外は体育館で案内する見学者と合流する。

一通り案内を終えたら後は見学者だけの自由行動なので、俺は部室に来るという流れだ。

小鞠は最初から最後まで部室で待機なので、俺たちが戻ってくる前に見学者が来た場合は、一人で対応してもらう。そう、小鞠が一人で──。

「ど、どうした、ジロジロと」

「いや、なんでもない」

そういや、俺が見学者の案内担当になったことを小鞠に言ってなかったよな……。

目を合わせないように資料を見ていると、八奈見が口をふきながら立ち上がる。

「檸檬ちゃん、温水君。そろそろ時間だから行こうか」

「だね。ほら、ぬっくんも立って」

俺がゆっくり腰を上げると、小鞠の目が泳ぎだす。

「うぇ……ぬ、温水も行くのか?」

「俺も案内の指名が入ってさ。後で顔出すからそれまで頼んだぞ」

目を逸らしたまま部室を出ようとすると、小鞠が上着の袖をつかんでくる。

「で、でも、わた、一人とか無理……っ!」

「いやでも、俺も行かないとだし。八奈見さ──」

助けを求めて視線を向けると、すでに八奈見と焼塩の姿はない。

「あいつら逃げ――ちょっ、あんまり引っ張らないで?!」

逃げきれずに困っていると、開けっ放しの扉から顔を半分出している白衣姿の女性に気付く。

「先生っ！」

「私の力がご入用かしら」

ゆらりと部室に入ってきたのは文芸部顧問、養護教諭の小抜小夜。

色々と問題がある人だが、背に腹は代えられない。

「ちょうど良かった。これから自分は案内があるので、部室で小鞠と一緒に見学者対応をお願いできますか?」

小鞠が「ひっ?!」と呟き、部室の隅に逃げこんだ。

小抜先生は小さく舌なめずりをしながら、小鞠とテーブルをはさんで椅子に座る。

「見学者の対応なら任せてちょうだい。先生、中学生に悪さをしないくらいの常識はあるのよ?」

なるほど、それなら安心だ。

「それじゃ先生、後は頼みます。小鞠、先生の言うことよく聞くんだぞ」

「し、死ね……っ！」

フルフルと震える小鞠を残し、俺は部室を出る。

――昨日、佳樹はバレンタイン用のチョコを作っていた。

俺にくれない以上、今日誰かに渡すはずだ。その誰かは……。

自嘲気味に首を振る。この状況で他に誰がいるんだ。

すでに佳樹と橘君は付き合っているのか。それとも今日、告白を……？

俺は頬を叩いて気合を入れると、体育館に向かって足を速める。

考えても仕方ない。なるようになれ、だ。

体育館はにぎやかな喧騒に包まれていた。

市内のさまざまな制服に身を包んだ中学生が1学年分はいるだろうか。

このうちの何割かが、来年は俺の後輩になるのだろう。

体育館の壁際から眺めていると、生徒会の面々が中学校ごとに見学者を並べているようだ。

今日は佳樹の方から俺を指名してきた。

橘君が一緒ということは、俺に彼を紹介をするつもりではなかろうか。

友人の権藤さんもいるのは、話がもめた時の仲裁役なのかもしれない。佳樹のことだ。俺がよく知らない女子相手だと緊張するのを見抜いているに違いない。

そんなことを考えていると、花の香りがフワリと鼻をくすぐった。

聞き慣れた前奏が脳内を流れ出す。

「温水君、ちょいっとお隣いいですか？」

「え、いいけど」

俺の横に並んできたのは姫宮華恋。八奈見に対する勝ちヒロインで、袴田草介の彼女だ。

あれ、そういえば確か——。

「今日は袴田と一緒じゃないの？」

「ふふ。草介は今日、サプライズで手料理を作ってくれてるの。私の家で」

袴田が言っていたヤボ用ってこのことか。

「サプライズって……姫宮さんにバレてるじゃん」

「あの人、そういうバレバレなところも可愛いから」

あいさつ代わりに軽くノロケた姫宮さんは、軽くあたりを見回す。

「温水君、今日はバレンタインデーだけど、チョコはもらいましたか？」

……へ？　陽キャはすぐこうやって陰キャをからかうんだな。

俺は心のシャッターを半分閉めつつ答える。

「朝から母親にもらったくらいかな」

「へえ……杏菜からはもらわなかったの？」

「はあ。俺には特に」

部室のアレは——俺あてじゃないしな。

……あれ、なんか姫宮さんがガッカリしてる。

心なしかBGMの音量も小さくなった気がするぞ。

「昨日ね、私の家で杏菜と一緒にチョコ作ったの」

え、姫宮さんちであのオーパーツみたいなチョコ作ったんだ。

姫宮さんは白い歯を見せながら、俺の顔をのぞきこんでくる。

「すっごく頑張ってたから、大切な人にあげるんじゃないかなって」

大切な人？　つまり八奈見はあんなのを好きな人にあげるような女と思われてるのか。

これっぽっちも否定はしないが、今回ばかりは少し不憫(ふびん)だな……。

「えーと、文芸部でチョコを持ち寄って、見学者にも食べてもらうことになってたから。作ってたのはそれだと思うよ。あの丸いやつだよね？」

「うん、そうだよ。ふうん、見学者にあげちゃうんだね」

「どうだろ。俺も部室で味見したけど、見学者には出さないかな」

「あれ、どうして？」

姫宮さんは可愛らしく首をかしげる。

どうしてって——俺の脳裏に、並んだ3つの歯形が浮かぶ。

「他の人に八奈見さんのチョコ、食べさせるわけにはいかないし」

なにげなくそう言うと、姫宮さんのＢＧＭが激しく乱れる。

「えっ⁈　それって――そういう意味？」

「……？　まあ、言葉通りの意味だけど」

軽く言うと、姫宮さんが意外そうな顔をする。

「へえ……温水君って意外と情熱家なんだね」

「情熱というか、責任感というか。まあ、一応責任とる立場だし」

さすがに部長として、ＪＫの歯形つきチョコを他人に食わせるわけにはいかんだろ。

俺がそう言ったとたん、姫宮さんは大きな瞳をさらに大きく見開く。

「責任っ⁈　温水君、いつの間にそんなことになってたの⁉」

やけにリアクションの大きな姫宮さん。

俺が文芸部の部長だなんて知らなくて当然だが、それほど驚くことかな……ちょっとショックだな……。

「はあ……まあ、そんなことになってます」

「へ、へーえ……そうだったんだ……なっちゃったんだ……」

なんだこの反応。やっぱ姫宮さんとの会話、いつもかみ合わないよな……。

やけにソワソワする姫宮さんと気まずい時間を過ごしていると、マイクを持った放虎原会長がステージに上がった。

「みなさん、今日はツワブキ高校にようこそいらっしゃいました」

凛とした声が、体育館の空気を一変させる。

それまではしゃいでいた中学生が静まり返り、俺も思わず背筋を伸ばす。

放虎原会長は並んだ一同を大きく見渡すと、落ち着いた口調で話し出す。

「志望校をツワブキに決めている人、まだ迷っている人。色々いると思いますが、今日はそれは横に置いて、ただ見て感じたことを持って帰ってください。そうして来年、この中からツワブキを選んでくれる人がいたら――在校生の一人として光栄に思います」

言い終わるとマイクのスイッチを切り、深く頭を下げる。

堂々とした立ち振る舞いに見惚れていると、天愛星さんの大声が体育館に響いた。

「それでは！　案内の皆さんは見学者を迎えに行ってください！」

えーと、自分から迎えに行くんだな。

見れば列の一番先頭の子が、中学名を書いた紙を持っている。

俺が担当するのは桃園中の５班だから佳樹はあっちかな……。

人ごみでワンピースの制服を探していると、予想よりも頭一つ高い位置に、見覚えのある顔が現れた。

「ヌクちゃんのお兄さんですよね、ご無沙汰してます」

桃園中学の制服を着た背の高い女生徒。確か家で何度か見たことがある。

「あ、えーと君は――」

「権藤です。今日はよろしくお願いします」

「あ、はい、よろしく」

俺がアタフタと返事をしていると、小柄な男子生徒――橘君が横に並ぶ。

「橘です。どうぞよろしく――」

言いかけた橘君の表情が固まる。

……あ。

「あれ……渡辺君？」

「！　えーと、あれは――」

マズイ、まったく言い訳を考えてなかったぞ。

仲良く固まっていると、佳樹が体当たりをしながら俺の腕にしがみついてくる。

「はい、実はドッキリでした！　大成功！　ね、お兄様？」

「え？　なにが――痛っ?!」

俺の背中を佳樹がつねってくる。

呆気にとられる橘君に向かって、佳樹は早口でまくしたてる。

「今回ツワブキ高校を案内するにあたって、橘君がどんな人か知りたくて様子を見に行ったんです！　もう、お兄様ったら。橘君は真面目な人だって言ったでしょ？」

よく分かんないけど、ごまかそうとしてくれてるのか。よし、ここは乗っかろう。

「そ、そうだな。ごめん、橘君。失礼なことしちゃったね」

橘君は隠し切れない戸惑いを顔に浮かべたまま、頭を下げてくる。

「いえ、無理言ったのはこちらなので。改めて今日はお願いします」

……橘君、いいやつだ。俺は健全な方とはいえストーカーなのに。

この展開をポカンと見守っていた権藤さんが、佳樹の肩をつつく。

「なにがあったの？ お兄さんと聡は知り合いかん？」

「それは――後で説明するね。さあ時間は有限です！ さっそく行きましょう！」

「え。ちょっとヌクちゃん」

佳樹は権藤さんと手を繋ぐと、スタスタ歩き出す。

俺は橘君としばし顔を見合わせてから、二人の後を追って体育館を出る。

「すいません、急に来ちゃって迷惑でしたね」

不安そうに言う橘君に、俺は慌てて首を横に振る。

「いやいや、そんなことないって。えーと、どこか見たいところはある？」

つとめて明るくそう言うと、橘君はモジモジしながら見学者用のパンフレットを取り出す。

「あの、俺は1―Cでやる公開授業に行きたいです」

1―Cってことはうちのクラスか。甘夏先生、文句は言うけどやることはやるんだな。

パンフレットには『普段の授業の様子を見てもらいます』と書かれている。

あの人をあんまり外に見せたくないけど、授業だけはちゃんとするから大丈夫か……。

校舎と繋がる渡り廊下を歩きながら、三人に話しかける。

「じゃあ公開授業には行くとして。始まるまで時間があるし、それまでどこか見たいところはある？」

権藤(ごんどう)さんと腕を組んで歩いていた佳樹(かじゅ)が、俺に顔を向けてくる。

「それでは、お兄様がいつもよく行く場所に案内してください！」

「俺がよく行く場所？　そんなとこ行ったたって仕方ないだろ」

佳樹は拗(す)ねたように口をとがらせる。

「だって、お兄様の普段の姿を知りたいんです。お兄様、高校に入ってから学校の話をあまりしてくれないんですもん」

だって話すようなことがないんですもん。

教室と非常階段の他で、俺が過ごすような場所といえば……。

「じゃあ校内の水道を案内――」

「お兄様、他にありませんか？」

かぶせ気味に言う佳樹。

「え、でも、美術室前の水道は蛇口の形が変わってて」

「ほ・か・に、ありませんか、お兄様？」

ええ……なんか佳樹が怖い。だけど他といってもなあ……。

「じゃあ、文芸部の部室――なんて興味はないよね」

他に思いつかずにそう言うと、佳樹が瞳を輝かせる。

「行きます！　実は文芸部に持ちこみの原稿を用意してきたんです！」

持ちこみ……？　特にそんなシステムないんだけど。

「えっと、なんでそんなもの」

「前々からお兄様と同じ部誌に寄稿できたらと思ってたんです。目次に兄妹で名前が並んだら、初めての共同作業的なアレで素敵だなって」

「アレがなにかは分からんけど、ちょうど今日部誌を作るから載せてみようか」

「本当ですか?!　ね、ゴンちゃんと橘君もいい？」

権藤さんは微笑みながら肩をすくめる。

「私は構わないじゃんね。聡は？」

「俺も公開授業まで時間があるから大丈夫。えっと、文……芸部もちょっと興味があるし」

あ、これ本当は興味がないやつだ。どこぞの誰かは、園芸部と文芸部の区別がついてなかったくらいなのに、気を遣わせて悪いな……。

いまのところは俺より大人で気を遣えて物腰が柔らかく、見た目も清潔感があって良い方だけど――俺の方が背も高くて年上だし、Ａ型だから輸血するとき有利だ。

……うん、引き分けだな。

俺に勝負を挑まれてるとも知らず、橘君は人懐っこい笑顔を向けてくる。

「温水さん、文芸部の部長だって聞きました。1年生なのにすごいですね」

「へ？　まあ、その、誰かがやらなくちゃいけないというか、責任感みたいなものかな」

橘君、いいやつじゃん。俺は照れ隠しに頰をかく。

心を許しかけた俺は、緩んだ表情を引き締めて校舎に入る。

――まだ、佳樹との仲を認めたわけじゃないからな。

西校舎の隅。俺は部室の扉に手を伸ばした手をとめた。

そういえば中にいるのって、小鞠と小抜先生だよな……。

「どうしました、お兄様？」

佳樹が不思議そうに手元をのぞきこんでくる。

「ちょっと気になることがあって。そっちの二人は佳樹の同級生だよね。１４歳？」

なにしろこの中にいるのはツワブキ一、教育上よくない先生なのだ。

二人が頷くのを確認すると、再びドアノブに手を伸ばす。頼むぞ先生……。

「温水です、見学者をお連れしました」

ギィ……。ゆっくり扉を開くと、こちらに背を向けてしゃがんでいる小抜先生の姿。

部屋の隅で椅子を盾にうずくまる小鞠に向かって、猫じゃらしを振っている。

「ほーらほら、小鞠ちゃん出ておいで」

「フーッ！」

唸り声をあげる小鞠。

んー、ギリギリセーフ。想定の範囲内だ。俺は三人を手招きする。

「さ、遠慮せず座って。お茶淹れるから」

「あら、お客さんね。ようこそいらっしゃい」

……あれ、みんな入口で立ち止まったまま入ってこないぞ。佳樹がおずおずとたずねてくる。

「あの、小鞠さんに一体なにが……？」

やはり気になるか。俺が視線を向けると、小抜先生はコクリと頷いて話し出す。

「詳細は割愛するけど。顧問として親睦を深めようとしたら、こんな感じになったの」

割愛部分が気になるけど、それなら仕方ない。なにしろ小抜先生だ。

戸惑いながら椅子に座った三人にお茶とチョコを出すと、珍しそうに周りを見回しながら権藤さんが口を開く。

「この部活ってどんな活動をしているんですか？」

「主に小説を書いて部誌を作るのと、本の感想を語り合ったりとか」

「だもんで、こんなに本があるんですね」

「うん、そうなんだ」

……説明が終わった。

早くもくじけそうになるが、こんな時のために用意したものがある。

「えーと、ここに自己紹介シートがあるから書いてもらえないかな。書き終えたら原稿と一緒に綴じて、部誌を作ってもらおうかと」

用意したセリフを早口で言いながら自己紹介シートを配る。

シートを眺めていた橘君が顔を上げる。

「小説ってあんまり読まないんですけど、雑誌や漫画でもいいですか？」

「もちろん。映画やアニメでも、ゲームでも構わない。好きな物ならなんでもいいから」

……書いてもらってる間、話さなくていいのはありがたい。

と、佳樹はなぜかなにも書かずにキョロキョロしている。

「佳樹、どうした。書くことが思いつかないのか？」

「ええと、持ちこみの原稿なのですが。お渡ししても大丈夫ですか？」

そういえばそんなこと言ってたな。

頷（うなず）くと、佳樹は恥ずかしそうに顔を伏せながら、折りたたんだ紙を取り出す。

手に取ると、Ａ４用紙で二枚ほどの掌編だ。

「佳樹が小説を書くなんて初耳だな。いつから書いてたんだ？」

「昨日の晩、緊張して眠れなかったから、ふと思いたって。書くのは初めてなので恥ずかしいのですが」

急に思いたって、一晩で初小説を書き上げただと……？

だが問題は内容だ。こう見えても俺には数か月のキャリアがあるのだ。

俺は内心の動揺を抑えながら、もらった紙をめくる――。

◇

文芸部活動報告　～増刊号　温水（ぬくみず）佳樹『出来の悪い邦画みたい』

薄暗いダイニングキッチンは寒々とした静けさに覆われていて、目に映る情景はいつか見た、タイトルの思い出せない邦画を彷彿（ほうふつ）とさせる。

朝の６時になると、私は一人そこに立ち、朝食の準備を始めるのだ。

パキン。煮干しの頭を折り、ワタを取る。

パキン。それを十回繰り返して鍋に張った水に入れる。

そうしてダシをとる間に、おかずを一品だけ作る。兄の好きなミョウガを薄く切って、ゴマと大葉であえただけの簡単なものだ。

兄と二人の生活が始まったのは十年前。よくも続いたものだと思う。

今朝も変わらぬルーティン。

――兄と暮らす最後の日だというのに。

時計の針は6時半を指した。いつもなら兄が新聞を手に、テーブルの自分の席につく時間だ。

焦(あせ)りに似た不安を感じながら、足音を立てないように廊下に出る。

寝室のフスマを開けると、兄が部屋の真ん中に立っていた。

すでに着替え終わっていて、足元には旅行カバンが一つだけ置いてある。

「兄さん、ご飯よ」

頷(うなず)いたのを確認すると、私はキッチンに戻ってガスコンロのツマミをひねる。

新聞を手に部屋に入ってきた兄は、テレビをつけて食卓につく。

兄はテレビのニュースを見ながら、答え合わせをするように丹念に新聞を読む。

その間に私は味噌汁(みそしる)を作る。具は小さく切った豆腐だけ。味噌は八丁味噌(はっちょうみそ)の赤だしだ。

そして7時ぴったりに二人で朝食をとる。これが兄妹で十年間、一日も欠かさない習慣だ。

正月ですら変えないのだから、自分たちのことながら笑ってしまう。

ああ、一日だけ無言の約束を破った日があったっけ。

初めて兄と同じ布団で目覚めた朝。

駄々っ子のように布団から出ない私の代わりに、兄はいつもの顔で台所に立った。

少しくらい困るかと思っていたら、予想に反してそつなく味噌汁を作ると、7時ちょうどに食べ始めた。その日以来、私は一度もこの日課を休まなかった。

私はガスコンロの青い火を見ながら、つまみを慎重に調整する。

煮干しを入れた鍋は絶対に沸騰させてはいけない。ゆっくりと絞り出すようにダシを取ると、切った豆腐を入れて、これも火を通しすぎないように、細心の注意を払ってコンロのツマミを回すのだ。

そうしてたっぷりと30分をかけて、一杯の味噌汁を作る。

兄は私が朝食の支度をする音が好きなのだ。

豆腐に熱が伝わったのを感じると、いつものように火を消そうとして、私の指はつまみを逆に回していた。

——青い炎が鍋の底を焦がし、煮えたった豆腐が鍋の中をクルクルと回る。

兄に振り回してすらもらえなかったこの十年間が、この中に溶けだしている。そんな気がした。

ふと顔を上げると、兄は新聞の答え合わせに集中している。

私はなぜだか馬鹿馬鹿しくなる。火を消して、いつもと同じ味噌を溶かす。

時計の針が7時を指した。

私は兄と向かい合い、十年続いた朝を始める。

玄関で兄は履きなれた革靴に足を入れると、旅行カバンを手に取った。

兄にとっての十年は旅行カバン一つに収まった。残りは全部置いていくのだ。

このまま家を出たら、兄は二度と帰ってこないだろう。

——俺たちしばらく距離を取ったほうがいいかもな。

そんな曖昧な理由で告げられた別れの言葉は、そのまま曖昧に今日に繋がった。

それまで黙っていた兄が、ぼそりと「一人で大丈夫か」と呟いた。

ズルい人だ。私がなにを言っても、全部一人で決めてしまうくせに。

初めて怒りを自覚して睨みつけると、兄の不安そうな瞳と出会う。

私は深呼吸をすると、掌をヘソの下、少しぷっくらとした辺りに重ね、そっと撫でおろす。

「大丈夫、一人じゃないから」

訝し気な表情をする兄に、私は透明な微笑みを返す。

――ずっと一緒だよ。兄さん。

◇

……なるほど。俺はテーブルに原稿を置く。

これを実の妹から読まされて、どういう顔をすればいいのかな……。

悩んでいると、佳樹（かじゅ）が不安そうに俺を見てくる。

「どうでしたか？　お兄様に比べたら、児戯（じぎ）に等しいとは思いますが」

「いや、よく書けてるよ。うん、初めてでこれだけ書ければすごいって」

「本当ですか！」

佳樹がパッと顔を輝かせる。

「で、ペンネームは使わないの？　本名で載せるつもり？」

「はい！」

そうか本名で載せるのか……そっか……。

いつの間にか這（は）い出してきた小鞠（こまり）が、原稿を勝手に読んでいる。

と、原稿を読み終えた小鞠が、俺に生ゴミを見る目を向けてきた。

「……じ、自首しろ」

「これ私小説じゃないからな？　現実要素０だから」

俺は小鞠から原稿を取り返す。

「じゃあとりあえずこれをコピーしないとな。えっと……」

一番近くのコンビニでも少し離れてるんだよな。印刷室を使おうにも、今年の部費は使い果たしたし――。

どうしたものかと思っていると、小抜先生が髪をかきあげながら立ち上がる。

「先生が職員室でコピーしてきてあげるわ。原稿を貸してちょうだい」

「え、いいんですか」

「そのくらい任せて。先生、こう見えて文芸部の顧問だから。その設定覚えてる？」

「ええ、おぼろげに」

先生は部室から出ていこうとして、なにかを思い出したように振り返る。

「私がいない間に帰ったりしないよね？　戻って誰もいなかったら先生、泣いちゃうから」

「その場合、小鞠を残していくので安心してください」

「ならいいわ」

小抜先生は小鞠にウインクすると部室から出ていく。

「さて、みんな自己紹介シートは――って小鞠、机の下で蹴らないで？」

俺は小鞠に好きにさせつつ、三人の手元をのぞきこむ。

えーとなになに……権藤(ごんどう)さんは時代劇が好きなのか。

「時代小説も読むんだね。ドラマの『暴れ剣客』って、原作本もあったんだ」

「私もドラマから入ったんですけどね。ＤＶＤボックスも７８年から８９年までそろえました。残りあと半分です」

ドヤ顔で胸を張る権藤さん。この人、ガチ勢だ。

「アサミはケン様の大ファンだからね」

橘(たちばな)君が笑いながら言う。

そういえば暴れ剣客の主演は豊橋(とよはし)出身の俳優だ。

数々の名作に出演したベテラン俳優で、市の祭りにもよく出演している。

「聡(さとし)だって、子供会の盆踊りでケン様サンバ踊ったじゃんね。振り付けが覚えられなくて、私が横で教えてあげたら？」

「やめてってば、恥ずかしいな」

権藤さんがからかうように言うと、恥ずかしそうに手を振る橘君。

「あれ、ひょっとして二人って昔からの知り合いなの？」

たずねると、二人は顔を見合わせる。

「小学校のころ、アサミとは通学班が同じだったんです」

「うちの小学校、ケン様の出身校じゃんね」

ふうん……この二人、焼塩と綾野みたいな関係なのかな。

盛り上がる二人を見ながら佳樹の様子をうかがう。

佳樹は特に気にするでもなく、紙にシャーペンを走らせている——ように見える。

……とある女に言わせれば、幼馴染以外の女はすべて泥棒猫である。

とはいえ小学校が一緒な程度なら幼馴染度は低めだし、我が家から泥棒猫が出たと決めつけるのは早計だろう。

自分の恋愛経験（二次元）に照らし合わせながら考えていると、佳樹が完成した自己紹介シートを渡してくる。

「はい、お兄様。こちら書けました」

そういえば最近の佳樹、どんな本を読んでいるんだろ。

……えーと、ラノベだけじゃなく少女漫画や恋愛小説も読むんだな。

「あ、佳樹も『瑠璃色の帝国』シリーズ読んでたんだ。桃園の図書室で借りたのか？」

「はい、図書委員のお勧めだったので」

よく見れば、俺が中学時代に図書室で借りてた本がたくさん入ってるな。

……いや、たくさんどころか、俺が中学時代に借りた本が網羅されてないか。

もし偶然でないのなら、桃園図書室の貸し出しカードを全部チェックしたのだろうか。

「えーと、佳樹。この本のラインナップはひょっとして――」

「はい。なんですか、お兄様？」

可愛らしく首をかしげる佳樹。

「……ええと、いい趣味してるな」

「はい、そう思います」

よし、ここは華麗にスルーだ。

間もなく全員が自己紹介シートを書き上げる。

小鞠が黙って印刷した原稿をページごとにテーブルに並べだした。

「原稿を順番に重ねたら、最後にホッチキスで留めるんだ。自己紹介シートは表紙の裏に入れて――」

「い、妹の告発文は」

小鞠が俺の腕を小突いてくる。忘れてた。そしてあれは小説だ。

「えっと、佳樹の小説は俺の前に入れようか」

「温水さんの小説はこれですか？」

橘君が指差したタイトルは『俺の彼女には彼氏がいる。ただし、俺以外にも』。

――俺は大きく頷く。満を持して投入したＮＴＲ要素強めの純愛小説だ。

「そこにこの付箋を貼っておいて、後で佳樹の小説を差しこむから」

さて、あとは佳樹の原稿が戻ったら製本するだけだ。

……？　さっきから橘君がソワソワしながら辺りを見回してるな。

視線の先には壁掛け時計。そういえば、うちのクラスでやってる公開授業に出たいんだっけ。

「橘君、１―Ｃに行くんだよね。部誌は後回しにしてそろそろ出ようか」

「あ、はい！　よろしくお願いします！」

橘君が慌てて立ち上がる。続いて俺も立とうとすると、小鞠が上着をつかんでくる。

「ひ、一人にする気か……？」

「大丈夫、そろそろ小抜先生が戻ってくるって」

「そ、それも嫌、だ」

気持ちは同じだが我慢してくれ。

小鞠が手を離そうとしないので、俺は説得モードに入る。

「安心してくれ、そろそろ八奈見さんが来るから。うん、確かこのくらいの時間に来るって言ってた気がする」

「う、嘘だ」

なんで分かった。目を逸らす俺をジト目で睨んでくる小鞠。

「お、お前は嘘をつくとき、いつも死んでる目が、キ、キラキラする」

バレてるなら仕方ない。俺は開き直ると決めた。

「小鞠、ちょっとこっちに来てくれ。大丈夫、なにもしないから」

「うぇっ!?　な、なに……？」

俺は小鞠を部室の隅に連れていく。

「いいか。この見学会の成否は来年度の新入部員の数に直結する。だから、佳樹たちをもてなすことは――」

「あ、あいつら2年生だから再来年、だろ」

「……だな」

「そ、それにそろそろ、他の文化部を見学し終わった人が来るから、部室での対応が大切。ち、近いから、離れろ」

なるほど、確かにそうだ。うちの副部長、頼りになるな。

「だけど佳樹たちをほったらかしにはできないだろ。やはりここは二手に分かれて――」

「だ、だから、近いっ、から！」

俺の身体(からだ)を押しやる小鞠。

「妹たちに聞かれるだろ。小鞠も少し声を落としてくれ」

「誰も、いない、って！」

……へ？　振り返ると、部室には三人の姿はない。

「あれ、みんなはどこ行った？」

「さ、先に行くって、妹からメッセ、きた」

小鞠がスマホの画面を見せてくる。そういや佳樹は俺のクラスに来たことあるっけ。

じゃあ俺は意味もなく小鞠を壁際に追いこんで呟いていたということか。犯罪じゃん。

こんなとこ小抜先生に見られなくてよかった――――ん？

デジャブを感じて振り向くと、扉の隙間から小抜先生がこちらをのぞいている。

「いいのよ。一線を越えないように先生が見張っていてあげるから、心のおもむくままにギリギリを攻めなさい」

越えないし攻めません。俺は小鞠から離れると、上着を整える。

「先生、自分は案内があるので後は頼みます。小鞠も――――」

言いかけた俺の背中を小鞠がスマホでベシベシ叩いてくる。

「痛いって、なにすんだよ」

「そ、そういうとこだぞ！」

「だから痛いって。先生、なんとかしてくださいよ」

助けを求めた先生は、腕組みをしてご満悦の表情だ。

「いいよね、先生そういうのも応援しちゃう」

……応援しなくていいから助けてください。

◇

ひどい目にあった。

確かに驚かしたのは悪かったが、小鞠もあんなに怒らなくていいよな……。

小走りで西校舎を出ると、ちょうど渡り廊下から新校舎に入る三人を見つけた。

「みんな、遅くなってごめん」

「お兄様、小鞠さんは放っておいていいんですか？」

佳樹は素っ気ない態度で言うと、俺の答えを待たずに足を速める。

……なんか佳樹まで怒ってる気がするんだが。

怖いので少し離れて歩いていると、橘君が隣に並んでくる。

「お兄さんすいません、先に行っちゃって」

「こっちこそゴメン。ちょっと内々でもめちゃって――」

……あれ？　いまこの人、俺のこと『お兄さん』と呼んだか？

え、いやまさか、佳樹をくださいとかそういう展開ではあるまいな。

内心冷や汗を流していると、橘君があらたまって話しかけてくる。

「今日は案内してくれてありがとうございます」

俺は「いや」とか「まあ」とか曖昧に答えながら、前を行く佳樹たちの様子をうかがう。

二人はなにか話しながら歩いていて、こちらには注意を払っていない。

「橘君は――」

佳樹のことをどう思っているのか。そう聞こうとして思い留まる。

「はい?」

「えっと、ツワブキを志望しているんだよね」

予想に反し、彼は困ったような笑顔をみせる。

「憧れはありますけど。アサミや佳樹さんと違って、俺の成績じゃツワブキは無理ですね」

え、ツワブキ高校を志望していない?

「それじゃ今日はなぜ見学に」

橘君は恥ずかしそうに顔を伏せる。

「ええと、どうしても直接会って話したいことがあって」

……! やはりそうか。俺はゴクリとツバを飲む。ここはストレートに行くしかない。

「その話ってひょっとして――恋愛に関すること?」

その言葉に橘君は驚いて立ち止まる。

「えっ、佳樹さんに事情を聞いたんですか? まいったな、秘密にする約束だったのに」

「じゃあ今日はやっぱり」

橘君はコクリと頷く。

「はい。今日は勇気を出して、想いを伝えようと思うんです」

告白はまだなのか。ホッと……してる場合じゃないな。

「二人ともそろそろ始まりますよー」

佳樹の声が俺の物思いを断ち切る。

気がつけば1―Cの教室の前だ。佳樹と権藤さんがこちらに手を振っている。

橘君は緊張した表情で頷くと、佳樹に向かって手を上げた。

……つまりはそういうことか。

数多くのラブコメを読んできた俺には分かる。

二人のストーリーはクライマックス直前。この先に待っているのは。

――告白イベントだ。

◇

甘夏先生の公開授業が始まった。

普段の机と椅子は教室の隅に寄せ、窓際にはホワイトボード。席はキャスター付きの椅子を使って、自由な場所に陣取れるようになっている。

佳樹（かじゅ）たちが椅子に座ったのを確認すると、俺は教室の入口近くから立ったまま見学することにする。

確か公開授業って、普段の様子を見てもらうんだよな。こんなシャレた感じの授業、してもらったことないぞ……？

甘夏（あまなつ）先生は十数名の参加者が座ったのを確認すると、ホワイトボードの前に歩み出る。

「えー、この学校で世界史を教えている甘夏です」

皆の視線が集まっているのを確認すると、エホンと咳払（せきばら）い。

ツワブキ教師の代表として、頼むぞ甘夏ちゃん。

「歴史の授業といいますと、年号覚えたって意味がないとか、大人になったら役に立たないとか、そんなことを言うヤツが後を絶ちません。死ねばいいと思います」

頼む……ぞ……？

「じゃあお前、体育の授業はどうなんだと。大人になっても跳び箱や開脚前転で食うつもりかとか色々言いたいことはありますが、先生は大人なので言いません。さて、授業を始めます」

甘夏先生はホワイトボードマーカーのフタをキュポンと開ける。

なんとか心の闇を鎮（しず）めたらしい。さて、これで大人しく授業を――。

「えーと、そこに文芸部の部長がいるな。温水（ぬくみず）！」

いきなり俺にからんできた。

「え、なんですか」

「お前の知ってる小説で、一番古いのはなんだ」

集まる視線に戸惑いながら、なんとか声を絞り出す。

「えーと、源氏物語とか……？」

甘夏先生は頷くと、ホワイトボードに書きこみ始めた。

「うん、源氏物語が一番古い長編小説とも言われてるな。書かれたのが11世紀初めごろだから、東ヨーロッパではちょうどビサンティン帝国が最盛期のころだ」

甘夏先生は手をとめずに話し続ける。

「日本は平安時代。女官が書いたちょっとエッチな小説が職場で流行って、当時の一条天皇にも読まれる。そんな時代だ。一方そのころビサンティン帝国は、クレディオンの戦いで勝利して、一万人を超える捕虜の両目をくりぬいて相手に送り返し――」

……なんとか先生モードに移行したようだ。

その後も参加者に話を振りつつ、授業が進んでいく。時代や文化による考え方や常識の違いがテーマのようだ。

会場の緊張もほぐれたころ、甘夏先生は参加者を2グループに分ける。

「以上を踏まえて、こっちのグループは14世紀のパリ市民。こっちのグループはタイムリープした21世紀の日本人として、当時のペスト対策のディスカッションをしてみようか」

分けたグループの真ん中に立つと、先生は腕組みをして胸を張る。

「先生は進行役だ。ちなみに私は23世紀生まれ、ゴリゴリの陰謀論者という設定だぞ」

なぜそんなややこしい設定を。

とはいえ授業は順調だ。無口な生徒にも適度に話を振りながら、全員から発言を引き出していく。先生の手際に感心していると、

——カシャ。唐突なシャッター音。

見れば俺の横、志喜屋(しきや)さんがデコったスマホを構えている。

「あれ、志喜屋先輩。撮影も生徒会の仕事なんですか?」

「記録写真……報告書……」

撮った写真を確認する志喜屋さん。

写真に満足したのだろう。カクリと頷(うなず)くと、白い瞳で授業の様子を眺める。

「甘夏(あまなつ)先生……ああ見えて……授業は評判いい……」

「そうなんですね。ああ見えて」

「うん……ああ見えて……」

志喜屋さんはそれ以上写真を撮るでもなく、ゆらゆらと隣で揺れている。

並んで授業を見ているうちに、ディスカッションも盛り上がってきた。

14世紀パリ市民の佳樹(かじゅ)がハーブによる解毒効果について語ると、現代人役の生徒まで感心

して頷いている。

……なんか聞いてるうちに俺まで佳樹が正しい気になってきたぞ。

「ひょっとして本当にハーブでペストって予防できるのか……？」

「できない……よ？」

志喜屋さんはポソリと呟くと、俺に向かってシャッターを切る。

「なんで俺の写真撮ったんですか？」

「求める人がいる……予感……」

謎の言葉を発すると、スマホをつつき始める志喜屋さん。

「先輩の写真ならともかく、俺のなんて誰も欲しがりませんって」

俺が自嘲気味に笑うと、志喜屋さんが指をとめる。

「……私の写真……欲しいの？」

「へ？」

首を傾げる志喜屋さん。白い瞳に俺の顔がぼんやりと映っている。

「いや、あの、あくまで一般論というか、誰もが欲しがるというか――」

しどろもどろで言い訳をしていると、志喜屋さんは不意に背を向けて俺に身体を預けてくる。

そして手を伸ばし――パシャリ。自撮りのシャッターを押す。

「これあげるから……人から買っちゃ……ダメだよ……？」

俺のスマホに着信の通知が来る。いま撮ったツーショット写真が送られてきたのだ。

「え、あっ——これ、俺にですか？」

カクリと頷(うなず)く志喜屋(しきや)さん。

気恥ずかしくて授業に視線を戻すと、甘夏(あまなつ)先生が暗黒色のオーラを放っている。

「なんだぁ、お前ら見せつけやがって。イチャつくなら他でやれよぉ……」

甘夏ちゃん、ステイ。中学生の前です。

しばらく悪態をついていた甘夏先生は、気を取り直して授業を再開する。

俺は胸を撫(な)で下ろすと、志喜屋さんと並んで静かに見守る。

……そういえばイブの夜から、こんなふうに二人だけで話す機会ってなかったな。

あの日の志喜屋さんは少しだけいつもと違う雰囲気で。

化粧と香水の匂いが、キャンドルに照らされた志喜屋さんの笑顔と一緒に、俺の脳裏に焼きついている。

あの時間は本当にあったのか、ときおり夢でも見ていた気分になる。

志喜屋さんとは学校ですれ違うと手を振ったり振り返したりはするけど、友達——というほどではないし。知り合い以上、友達未満……といったところだろうか。

「ええと、最近どうしてました？」

甘夏先生にからまれないよう、前を向いたまま声を抑えてたずねる。

「勉強と仕事ばっか……あまり……遊んでない……」

志喜屋さんは生徒会役員で優等生。（物理的に）フラフラしているようでも忙しいのだ。

またみんなでボドゲカフェに行きたいけど、誘うのも気が引けるな……。

俺がイジイジ考えていると、志喜屋さんが囁くように呟いた。

「ボドゲ……君が好きそうなの……入ったよ……」

？　俺、知らないうちに声に出してたっけ。

「えっ、あの、ボドゲカフェのことですよね。じゃあ今度、みんなを誘って――」

「そのゲーム……二人用……」

……それならみんなで行ってもできないよな。八奈見とか順番待てそうにないし。

「じゃあ今度――二人で行きますか」

「うん……」

小さく頷く志喜屋さん。俺は照れ隠しにポリポリと頬をかく。

……なんだろこのしっとりした空気。

「うちの妹、去年の夏に市の生徒会合宿に行ったんですけど。先輩も参加しましたか？」

気まずさをごまかそうと切り出すと、志喜屋さんは俺の顔に流し目を送ってくる。

「した……温水佳樹……君に……似てる……」

「いやいや、昔から――え、俺たちが似てる?!」

ツッコミかけた俺は、志喜屋さんの言葉を頭の中で繰り返す。

俺と佳樹が似ている。自明ではあるが、この数年誰も言ってくれなかった事実である。

「ええ、兄妹ですからね」

ディスカッションでは21世紀人の橘君が発言中だ。

植物の伝染病を例に感染源を推測する彼の語りには、14世紀に生きる佳樹ですらコクコクと頷いている。

そうこうしているうちに授業も終盤に差し掛かる。ディスカッションも終わり、甘夏先生が総括を始めた。その姿を真剣に見つめる橘君。

……これまで話した限りでは、彼は悪いやつではない。

いや、むしろいいやつだと言ってもいい。


──佳樹に彼氏なんてまだ早い。


その気持ちに変わりはないが、ろくでもない男に捕まるよりは……。

そんなことを考えているうちに時間が来たようだ。

甘夏先生がホワイトボードの字を消し始める。

「いいかー、時代だけじゃなくて所属する集団や立場によって常識は変わる。いまの時代から見て間違いに見えても、当時どうしてそうなったか、そうしたのか。お前らがこの先の人生で問題に直面したときに立ち止まって考えるため、歴史の基本的な知識はあった方がいい」

真面目な口調で言い終えると、字を消し終えた甘夏(あまなつ)先生がクルリと向き直る。

「ま、日頃こんなことを考えながら、学習指導要領に基づいた無難な授業をしてるんだ。興味があったら、ぜひツワブキを目指してくれ」

最後に軽くブチ壊しつつ、甘夏先生の授業が終わった。

一瞬の間があってから、パチパチと拍手の音。佳樹(かじゅ)だ。

つられて生徒たちが拍手をする。

さすがの甘夏先生も照れたのか、背中を向けて「はい、おしまい。もうなにも出ないぞー」と言いながら、もう一度ホワイトボードを消すフリをする。

……さて、三人を連れて部室に戻るか。小鞠(こまり)と小抜(こぬき)先生、仲良くやってるかな。

と、甘夏先生がなにかに気付いたように振り返る。

「おっと、誰かホワイトボードと椅子を運ぶの手伝ってくれないか。会議室から勝手に持ってきたから、返さんと怒られるんだ」

あー、これは俺が手伝う流れかな。と、橘(たちばな)君がスッと手を上げた。

「はい！　俺、手伝います」

相変わらず感心な少年だ。よし、俺は一足先に部室に——。

「よーし、温水も手伝え。どうせイチャつくぐらい暇なんだろ」

甘夏先生が意地悪な視線を向けてくる。

……ま、そうなるよな。俺はあきらめて頷いた。

社会科資料室。書籍や教材が山と積まれた小さな部屋だ。

志喜屋さんは次の撮影に向かい、荷物を運び終えた俺と佳樹たち四人は、部屋の中央に置かれたテーブルを囲んでいた。

「みんな助かったぞ。せっかくだからお茶でも飲んでけ。おやつもあるぞ」

甘夏先生は足で冷蔵庫の扉を閉めると、２Ｌのペットボトルをドンと置く。

「じゃあ俺が配りますね」

俺はお茶を入れた紙コップを回しつつ、佳樹の様子を観察する。

いつもなら佳樹が真っ先に動くタイミングだが、紙コップを手にしたまま不安そうに辺りを見回している。

権藤さんはうつむいたまま固まったように動かないし、橘君は誰かが動くたびにビクリと震えている。なんかやたらと緊張してるな。

……え、待って。この雰囲気、ひょっとしてこれから告白イベントが始まるの？　俺、なんか変なコマンド選んだっけ。

この不穏な空気を意に介さず、甘夏先生は洋菓子のピレーネを配り始める。

ピレーネはクリームをスポンジで包んだ豊橋では定番の洋菓子だ。

ガチで美味いので正直嬉しい。

「ほら、遠慮せずに食え食え。特別だぞ」

この先生、相変わらず空気を読まないが、いまはそれが頼もしいな……。

よし、ここは告白イベをキャンセルさせよう。そうと決まれば全力で乗っかるぞ。

「ありがとうございます。これ、わざわざ今日のために用意したんですか？」

「うんにゃ。この後の会議用だが、黙ってりゃ分からんだろ」

そう言ってピレーネにかじりつく甘夏先生。

……俺たち、そんなもの食わされてるのか。証拠隠滅でピレーネを口に詰めこんでいると、甘夏先生がクリームを口に付けながら佳樹たちを見やる。

「君ら、その制服は桃園中だろ？　私の後輩だな」

「え？　先生、俺たちの先輩だったんですか？」

思わず口をはさむと、先生は大きく頷く。

「ああ、小学校はアオキ小だ。温水もか？」

「えーと、俺と妹は違いますけど、他の二人は――」

俺が送った視線の先、橘君が頷く。

「あ、はい！　俺はアオキ小です」

「おお、そうか。ひょっとして一緒に通ってたかもな。なーんて、あはは」

甘夏先生の寒いギャグをスルーしていると、

「……はい、先生のこと覚えています」

橘君は真剣な口調で言った。

「六年前、アオキ小学校に教育実習にいらっしゃいましたよね？」

「ああ、もうそんなになるかな」

ズズズ……。お茶を飲む甘夏先生。

……あれ、なんか特殊イベントに突入してないか。

「自分、先生に担当してもらった橘です。さすがに覚えてないと思いますけど」

その言葉にピタリと動きをとめる甘夏先生。

「あー……うん、覚えてる覚えてる」

「え？　本当ですか！」

眼を輝かせて身を乗り出す橘君。

「当たり前だろ……うん……まあ……なんとなく……」

声のトーンと視線が段々と落ちていく。この人、絶対覚えてないぞ。

……だけどこれ、なんのイベントが起こってるんだ？

そういえば権藤さんも同じ小学校だったはず。反応を探ろうと視線を向けると、それまで黙っていた権藤さんが勢いよく立ち上がった。

「私、ちょっとお手洗いに行ってくるじゃんねっ」

権藤さんはチラリと橘君の顔を見ると、足早に部屋を飛び出していく。

……あれ、登場人物が一人減ったぞ。権藤さん、急にどうしたんだ。

驚いたように彼女を見送った甘夏先生は、気を取り直してゴホンと咳払い。

「それより橘君は部活とかやってるのか？　ん？」

「はい、園芸部に入っています」

ろこつな話題逸らしに、素直に答える橘君。

「昔から植物が好きで。小学校の時は教室の鉢植えを世話したり、花瓶に花を生けたりしてたんです。俺、身体が小さかったから周りに女の子みたいだって馬鹿にされてて――」

橘君は少し首をかしげ、はにかむように笑う。

「でも、甘夏先生がかばってくれて。すごく嬉しかったです」

「あー、そんなこともあった……かな？」

「はい、その時の先生がすごくカッコよくて。授業でも小柄なのに堂々としていて、素敵だなって」

「素敵っ?! 私が? いやまあ、生徒の長所を伸ばすのが教師の役目というか、アレだしな。ふへっ、まあよく言われるが、ふへへ」

余程ほめられ慣れてないのだろう。気味悪く笑っていた甘夏先生が、掌をポンと叩く。

「……あれ、ひょっとして教卓にいつも花があったのって、君だったのか?」

「はい! 本当に覚えていてくれたんですね!」

橘君が笑顔になる。

「いつもすぐになくなっちゃうから凹んでたけど、喜んでもらえてたのなら良かったです」

「ああ、毎朝楽しみにしてたんだぞ。綺麗だったから家の仏壇に……いや、なんでもない」

――ようやく俺の頭が、いまの状況に追いついてきた。

「それで2年前、新聞の教員異動名簿に先生の名前を見つけたんです。温水さんのお兄さんがこの学校だって聞いて。無理言って、先生に会いに見学会に参加させてもらったんです」

「はあ、なんでそこまでして私に」

甘夏先生はマグカップを持ったまま、ポカンとした顔をしている。

え、大丈夫だよな。この人、いまの状況分かってるよな?

この場にいるのは俺を除けば佳樹に橘君、甘夏先生。

現実にはスキップボタンはなく、すでにイベントは走り出してとまらない。

橘君は覚悟を決めた表情で勢いよく立ち上がる。

そう、告白イベントの当事者は佳樹ではなく――。


「ずっと憧れてました！　ずっと好きでした！」

――甘夏先生だ。


あまりにまっすぐで不器用な告白。それを受けた甘夏先生は、

「はあ」

と、気の抜けた声を返す。

時が止まったような沈黙に耐えられず、俺はおそるおそる先生に声をかける。

「あの、先生なにか言ってあげてください」

「うん……？　えっ？　私?!」

はい、あなたです。

しばらく呆けていた先生は、ようやく事態を飲みこんだのか。

立ち上がると、橘君に歩み寄る。

「あー……橘聡君、だったな」

「はい」

「君の気持ちは嬉しいが私は教師だ。想いに応えることはできない」

「ええ、俺は想いを伝えられただけで満足です」

「そうか。ごめんな」

優しく微笑む甘夏先生。橘君の顔にも笑顔が浮かぶ。

――目の前で流れているのは、少年の淡い恋が終わる瞬間。

俺の心に去来するのは、悲しさよりも清々しさだ。

甘夏先生は橘君の肩にポンと手を置く。

「ちなみに、君に年の離れたお兄さんは――」

「先生⁈　この後に会議じゃありませんでした？」

俺はかぶせ気味に言葉をさえぎる。この人、なにを言おうとした。

「あー、そうだった。小会議室に行かないと。あそこ4階なんだよなー」

ダルそうに溜息をつく甘夏先生。

「それじゃ、私はもう行くな。温水（ぬくみず）、後は頼んだぞ」

「え？　あ、はい」

先生は去り際にもう一度橘君の肩を叩くと、「14歳……あと4年か……」と呟（つぶや）きながら資料室を出て行く。4年経（た）ったらどうだというんだ。

残された俺は、立ちつくす橘君に声をかける。

「えーと……橘君、大丈夫？」

「はい。こちらこそすみません。見学会を台無しにしちゃって」

「構わないよ。他の二人もこのことは知ってたんだよね」

静かに頷（うなず）く橘君。

付きまとっていた違和感が少しずつ消えていく。

彼は甘夏先生が俺の担任と知って、長年の想いを伝えるために来たのだ。

ツワブキを受けない彼にとって、これが唯一の手段だったのだろう。

だけど心の中に新たな疑問が浮かんでくる。

佳樹（かじゅ）はどのような気持ちで、彼と一緒に来たのだろう。

そして告白を前に部屋を出ていった権藤（ごんどう）さん。彼女は一体……。

そういえば佳樹はやけに静かだな。俺は佳樹の座っていた場所に目を向ける。

――知らぬ間に佳樹が姿を消していた。

橘君と校門まで一緒に歩きながら、色々な話をした。

とは言っても、彼の甘夏先生との思い出話を一方的に聞かされたばかりだが。

橘君の中にいる甘夏先生は、やたら自由で強引。無神経だけど繊細で。

不思議なほど俺が知ってる先生と同じだけど、彼の口から語られる姿はとても魅力的だ。

「なんか……気が抜けちゃいました。俺、ずっと勝手に片思いしてたから。明日からどんな風に目覚めるのかなって」

ふとそんなことを口にすると、橘君は恥ずかしそうに顔を伏せた。

「高校生の温水さんから見たら、ただの子供の憧れなのかもしれませんけど」

「そんなことないよ。恋愛も憧れも分ける必要なんてないと思うし」

「そんな――もんですかね」

恋と憧れの間でさまよっていた彼の想いは、すでに綺麗な思い出になりつつあるのを感じる。

それでいい。若いうちの恋なんて、いつかくる最後の恋の予習だ――。

そんなセンチなことを考えながら東門に着くと、橘君は俺に深く頭を下げた。

「今日は本当にありがとうございました」

「全然かまわないよ。駅まで送らなくて大丈夫？」

「はい、大丈夫です」

なにかが吹っ切れたような、爽やかな笑顔。

「それではお兄さん、俺はこれで」

「えっと、橘君」

思わず声がでた。俺自身驚きながら言葉を繋げる。

「君は佳樹とは――その、どんな」

「佳樹さん、ですか？」

橘君は不意の質問に戸惑ったような顔をする。

「彼女はアサミと仲がいいから――」

言葉を探すように視線を泳がせ、そして俺の瞳を正面から見つめながら言った。

「あの二人が仲良くしていると……なんか嬉しいです」

飾り気のない言葉に、俺は思わず表情を緩める。

「そっか。これからも佳樹のことよろしくね」

もし佳樹が初めて好きになった人が彼なら。

きっと幸運なことだと、そう思う。

◇

ユリノキの並木道を校舎に向かっていると、グラウンドから運動部の明るく乾いた声が響いてくる。

視線を送ると、野球部やサッカー部に混じり、陸上部の集団に焼塩がいる。

桃園中ではしゃいでいた姿とは違って、遠目でも分かるほど真剣な表情で見学者のフォームのチェックをしている。

あいつも4月からは先輩になって後輩を指導するのだろう。

俺も先輩に——なるにはまず新入部員が必要だよな。

でもその前に片付けなきゃいけない問題がある。

いつの間にか姿を消した佳樹。そこから逃げるように出て行った権藤さん。

二人がたまたまいなくなったとは思えない。

その中心にいるのはきっと橘君で。

口をはさむのは野暮かもしれないけど、まだなにか見逃している気がする——。

「温水君じゃん、妹ちゃんたちとは解散したの？」

下駄箱から校舎に戻った俺に声をかけてきたのは八奈見だ。

「ええと、まあ……。八奈見さんこそ案内は終わったの？」

「後輩たちが部活見学行くから別れたの。それよりさっき生徒会の馬剃さんが探してたよ」

「俺を？　なんで？」

……俺、叱られるようなことしたっけ。

心の棚を探っていると、八奈見が疑うような視線を向けてくる。

「最近、馬剃さんとコソコソしてるよね。なに？　なんかあるの？」

「別になにもないって。なんか見学会がらみだろ」

たまに勉強を教えてるのは確かだが、八奈見に言うようなことじゃないし。

素知らぬ顔をしていると、八奈見は気が抜けたように肩をすくめる。

「なんでもないなら部室行こうよ。小鞠ちゃん、小抜先生と二人きりでヤバいんだって」

言いながらポケットから小さな箱を取り出す八奈見。

「それチョコ？　まだ誰かにあげるんだ」

何気なく言うと、八奈見はなぜか得意気に微笑む。

「甘いね、温水君。バレンタインはチョコをあげるだけじゃなく、買う日でもあるの」

「買う日？　まあ、あげるには買わないと――」

八奈見は「違う違う」と首を横に振る。

「この時期は店の品揃えも違うし、限定商品も出るんだよ。だから自分用のチョコを買う日でもあるの。これも滅多に手に入らない逸品なんだからね」

へえ、食いしん坊界隈ではバレンタインはそんな扱いなのか。

八奈見は箱を開けてチョコをつまむと、俺の顔の前に差し出してくる。

「はい、温水君にも1個あげる。ほらほら、お食べ」

まあ断るのも面倒だ。俺は差し出されたチョコをスルーして、箱のチョコを1個つまむ。

百円玉ほどの大きさの丸いチョコで、表面にはココアパウダー。スタンダードなトリュフチョコだ。そんな変わったチョコには見えないけどな……。

食べると口に広がる、ココアパウダーと――チョコの味。

その他は――チョコと――ええと――実にチョコだな。うん、チョコ味だ。

「ありがと。……八奈見さん、なにやってんの？」

八奈見はチョコを差し出したままの格好で、俺に剣呑な視線を向けてくる。

「この手、見えなかった？」

「だってほら、手づかみじゃん。部室でも気になったけど、素手で触った物を他人にあげるのは衛生上どうかな」

「…………」

八奈見は無言でチョコを自分の口に入れると、ジト目で俺を睨む。なんだこいつ……。

「それはそうと部室の方は任せるよ。佳樹がいなくなったから探さないといけないんだ」

「妹ちゃん探してるの？　ふうん、やっぱなにかあったんだ」

八奈見は言いながら、スマホをいじりだす。

「やっぱって――なにか知ってるのか？」

「知らないけど、妹ちゃんと同じ班の橘君って例のデート疑惑の子でしょ？　温水君の態度見れば、なんかあったかと思うじゃん」

スマホをしまうと、八奈見は俺をジロリと見てくる。

「私だって、君が巻きこんだ関係者なんだからね。気になるんだよ？」

「……ごめん。だけど俺にも、なにが起こってるのかよく分からなくてさ。とりあえず事情を確認しようかなって」

どこまで説明したものか迷っていると、廊下の奥から長い髪をなびかせて小柄な女生徒が走ってきた。朝雲さんだ。

「温水さんここにいたんですね。はい、これどうぞ」

朝雲さんが取り出したのは、リボンのかかった長細い小箱。

反射的に受け取った俺は目をみはる。

「これって――ひょっとしてチョコ⁉」

「はい、いつもお世話になっていますから」

朝雲さんはニコリと笑うと、足取り軽く身をひるがえす。

「それじゃお先に失礼しますね。これから光希さんとデートなんです」

「え？　ああ、どうも……」

朝雲さんを見送ると、俺は信じられない気持ちでチョコを見つめる。

マジか。部室で味見したチョコを義理チョコに入れるか迷っていたが、その必要もなくなった。温水和彦16歳。義理とはいえ、ついに家族以外からチョコをもらったのだ――。

「ねえ」

ドス。八奈見のヒジが俺の脇腹に入る。

「痛っ?!　なに、せっかくいい気分だったのに」

「そういえばさっきのチョコ、感想聞いてないんだけど」

そんなことで俺の感動を邪魔したのか。

俺は溜息をこらえながら、朝雲さんにもらったチョコをポケットにしまう。

「ええと、ちゃんとチョコだった。うん、チョコの味したよ」

「……で、美味しかった？」

「うんまあ普通には。チョコだし」

「…………」

八奈見はもう一度ヒジで俺の脇腹を突くと、不機嫌そうに背中を向ける。

ええ……ちゃんとほめたのに。

謎の怒りに戸惑っていると、八奈見は肩越しにスマホをヒラヒラさせる。

「妹ちゃんの居場所、探してあげたのにさ。その態度はないんじゃない？」

「へ？ いつの間に探したんだ？」

「さっきクラスのグループLINEで流したの。そしたらすぐに返事が来たよ」

なるほどそんな手が。確かに佳樹はツワブキ祭の準備に来たし、顔を知ってる人も多いはず。

ちなみにそのLINEグループに俺は入っていない。

「ありがと、それで佳樹はどこに――」

俺が手を伸ばすと、無言でスマホを遠ざける八奈見。

「え？ あの、佳樹の居場所を」

「先に言うことないかな、温水君」

「？ だから、ありがとって」

八奈見は不機嫌そうにプイと顔をそむける。

……俺、なにかやったっけ。

八奈見を怒らせた心当たりはないが、八奈見が怒った記憶ならたくさんある。

まずは手近なところで――。

「えーと、チョコを八奈見さんから受け取らなかったこと？」

ピクリ。八奈見の眉が上がる。正解だ。

「あれはそういう意味じゃなくて、最近インフルが流行ってるだろ？　特に学外からの来客が多い日には細心の注意を払う必要があると思うんだ」

八奈見の反応を見ながら説明を続ける。

「つまり感染予防のためで、八奈見さんの手にいる常在菌を問題にしているわけじゃないんだ。個人差はあるにせよ、安定した状況ならむしろ雑菌の増殖を抑えるから常在菌の存在は好ましいくらいだよ」

「お、おう……なにを言うかと思ったら」

八奈見は珍しい鳥でも見る表情でコクリと頷く。

「全然私の欲しかった答えじゃないけど、温水君の気持ちは伝わったよ」

なにが伝わったのかは分からんが、伝わったのなら良かった。

八奈見は玄関の外を指差す。

「弓道場の方で同じ学校の子と一緒のとこ見かけたってさ。行ってあげたら？」

「ありがと、そうするよ」

言い残して踵を返そうとした俺は、いったん立ち止まる。

「八奈見さん。さっきのチョコ、もう一つもらっていいかな」

「へ？　いいけど」

八奈見はニマニマ笑いながら、チョコの箱を差し出してくる。

「実は美味(おい)しかったんでしょ」

「よく分かんないけど、クセになる」

俺はもう一つチョコを口に放りこむと、再び玄関から外に出る。

同じ学校の子ということは権藤(ごんどう)さんといるのだろう。

二人が一緒なのは安心だが、不安が消えたわけではない。

そこで待っているのは――ハッピーエンドとは限らないのだ。

弓道場は旧校舎のさらに奥、木に囲まれた一角にある。

非常階段の下を回って弓道場に向かおうとすると、出会い頭に誰かとぶつかりそうになった。

「きゃっ！」

「ごめん――って、なんだ天愛星(ていあら)さんか」

「なんだとはなんですか。それに下の名前で呼ばないでください」

天愛星さんはホッと息をつくと、さりげなく前髪を整える。

「ちょうどよかった。少しお時間いいですか？」

「ごめん、あとでいいかな。ちょっと妹を探してるから」

言い残して歩き出すと、天愛星さんも並んできた。

「あら、私も妹さんに話があるんです」

「……え？　佳樹に？」

一体なんの用だ。警戒の視線を向けるが、天愛星さんは澄まし顔で前髪をいじっている。

「夏に会った時、ツワブキの生徒会に興味があるって言ってたので。見学のお誘いをしようと」

ああ、夏の合宿で会ったのか。

でもいまちょっと取りこんでるし、日を改めてくれないかな……。

「えーと、悪いけど――」

「会長があの子は実に優秀だとおっしゃっていました」

「……そうなの？」

天愛星さんがコクリと頷く。まあ少しくらいは話を聞いてもいいかもしんない。

「初対面の集団で自然とリーダー役をして、輪を外れた人へのフォローも完璧でした。ツワブキへの憧れや、なにより――」

言葉を切ると、柔らかな笑顔をみせてくる。

「彼女の兄妹愛に心打たれました。まさかお兄様があなたとは思っていませんでしたが」

佳樹が褒められて悪い気はしない。

それだけ買われているのなら、生徒会が勧誘するのも当然だ。

「でも妹とは2学年違うから、馬剃さんは一緒にならないんじゃないか」

天愛星さんは頷くと、視線を辺りに走らせる。

「──私、来年は生徒会長の選挙に出馬するつもりです」

「はあ」

「次の代に生徒会を引き継ぐ際に、妹さんのことを推薦しようかと」

言ってから、小さく笑う。

「ま、当選したらの話ですけどね」

俺は今日明日の心配をしているのに、天愛星さんは再来年のことを考えてるのか。

この人、心配性だな……。

けど、そんな用件なら天愛星さんには外してもらうか。なにしろこれから、佳樹と恋バナをするかもなのだ。

弓道場が見えてきた。俺は足を止めると、天愛星さんに向き直る。

「馬剃さん、ちょっといいかな。これから大事な話があるから、その……」

「はあ、大事な話ですか」

ふと気付けば、俺たちがいるのは旧校舎裏の薄暗い一角。

天愛星さんの顔が見る間に赤くなる。

「はっ?!　だ、大事な話って、そういうことですか?!」

「え、よく分かんないけど違います」

「違うんですかっ?!」

なぜ怒る。相変わらずの天愛星(ていあら)節に困っていると、弓道場の手前の林から、若い女性が言い争う声が聞こえてきた。

そのうちの一人は聞き間違えるはずがない——佳樹(かじゅ)の声だ。

「ごめん、俺行くね！」

「あっ、ちょっと温水(ぬくみず)さん！」

天愛星さんを残し、声の方向に走り出す。

林に入るとすぐに二人の女生徒、佳樹と権藤(ごんどう)さんの姿が見えた。

なにを話しているのか分からないが、感情もあらわに言い争っている。

俺は二人の前に飛び出した——。

◇

温水が厄介(やっかい)女子にからまれていた、ちょうどそのころ。

弓道場近くの木立に囲まれた静かな一角。

桃園中学2年、権藤アサミが悄然と立ちつくしていた。

……時折響く弦の音。矢が的に当たる鈍い音が微かに届く。

木の間を抜けて冷たい風が吹き付け、アサミは身を震わせた。

首をめぐらせ、ツワブキ高校の校舎を見上げる。

逃げだしてきた部屋のことを思っていると、小刻みな足音が近付いてくる。

——温水佳樹。桃園中学校、生徒会副会長。

成績優秀、男子の間で人気も高い。一つだけ、走るのは少し苦手。

冗談みたいな話だがファンクラブまである。

佳樹は木立の間をトテトテと走って、アサミの前で止まった。

「ゴン……ちゃん……ここにいた」

佳樹は手を胸に当て、ゆっくりと呼吸を整える。

「ヌクちゃん、なんでここが分かったん?」

「ゴンちゃんなら、木のそばで静かな場所にいると思ったんだ」

佳樹はニコリと笑おうとして、すぐに心配そうな表情に変わる。

「ねえ、さっき橘君が先生に——」

「高校に入ったら部活でもしようかねぇ」

さえぎるように言うと、アサミは弓道場の壁を見上げる。

「弓道始めるのもいいじゃんね。ピッとして、どカッコいいし――」

「ゴンちゃん聞いて！　あのね」

「――聡のやつ、振られたかん？」

アサミの何気ない口調。

佳樹は何度か口を開きかけて閉じて、ようやく頷く。

「……橘君、勇気を出して甘夏先生に告白したんだよ」

「知っとるよ」

素っ気ない答えに、佳樹は口をとがらせる。

「ゴンちゃん、逃げてあの場にいなかったじゃん」

「でも聡は逃げずに告白したら？」

「うん……」

アサミは少し得意気な、だけどさみしそうな表情をする。

佳樹はその表情の意味を測りかねたのか、ゆっくりと首を横に振る。

「ねえ、橘君のそばにいなくていいの？」

「……ほっといてあげりん」

「でもゴンちゃんって、昔から橘君のこと」

「やめてくれん？」

今度はハッキリと、アサミが言葉をかぶせる。

「聡が振られて、それを待っとったようにすり寄るとか――」

佳樹に背中を向けると、静かに呟く。

「――私がミジメじゃんね」

木の枝が風に揺れ、力無い声が吹き散らされる。

しばらくその背中を見つめていた佳樹は、言葉を慎重に選びながら口を開く。

「橘君はそんな風には思わないよ？」

「分かっとるよ。私の問題だで」

言い捨てるような口調を本人も気にしたのか。

肩越しに横顔を見せながら、小さな声で付け加える。

「……私は聡と付き合いたいわけじゃないでね」

「そうなの？　でも、橘君とてもいい人だし」

「いまのままの関係で、私はそれでいいじゃんね。聡に彼女ができても構わんで」

「……じゃあなんで、さっきは部屋を出て行ったの？」

「それは」

アサミは身体ごと振り向く。

なにかを言おうとするが、言葉が見つけられなかったのか。そのまま黙りこむ。

「橘君が先生に振られるって分かってて。それでもあの場所にいたくなかったんでしょ？」

言葉も出ないアサミに佳樹が詰め寄る。

「なにもしなかったら、いつかは誰かのモノになっちゃうんだよ？　それに志望校だって違うじゃん！　ずっと一緒にはいられないいんだよ？　本当にこのままでいいの?!」

佳樹の迫力に押されながら、ようやくアサミが口を開く。

「私は一緒に部活ができて、一緒に天気の話とかして。それだけでいいって」

「できなくなるよ」

「……え？」

佳樹は両手でアサミの手を握る。

「橘君に彼女ができたら、ゴンちゃんと二人で遊んだりできなくなるよ。部活だってその子が入ってきたら？　彼女が同じ園芸部の子なら？」

一気に言いきると、大きく息を吐く佳樹。

もう一度口を開こうとする佳樹に向かって、アサミが言う。

「……お兄さんのことだら？」

今度は佳樹が息をのむ。

「ヌクちゃん、お兄さんに彼女ができるかもって言ってたじゃん。ツワブキに入れても一緒にいられるのは1年だけだし、いつかは離れ離れになるって」

「……だよ」

佳樹はうつむいたまま、握る手に力をこめる。

「だからゴンちゃんには後悔して欲しくないの。高校だって違うところになるし、卒業までの一年を悔いなく過ごして欲しいの」

「……それ、ヌクちゃんの押しつけじゃんね」

その言葉に佳樹の肩がビクリと震える。

「自分が不安だから、私にその不安を押しつけてるんだら？　本当はお兄さんに彼女なんてできて欲しくなくて、自分の物にしたいんだら?!」

「それは――」

アサミは佳樹の瞳を上からのぞきこむ。

「ヌクちゃんだってお兄様のこと大好きじゃん！　でも言わないじゃん！」

「言えるわけないじゃん！　佳樹、妹だよ?!」

佳樹はアサミの手を離して後ずさる。

「ずっと一緒にはいられないんだもん！　兄妹なんていつかは離れ離れになるんだよ！　お兄様にはきっと素敵な恋人ができて、その誰かはずっと一緒なんだよ?!」

大きな瞳に涙を浮かべ、自分に言い聞かせるように。

「だけど仕方ないのは分かってるから！　お兄様がいて、それだけで佳樹はいいの！」

「私と同じじゃん！　ヌクちゃんこそ、お兄さんに言っちゃえばいいじゃん！」

「そんなことしたらお兄様を困らせるだけだよ！　お兄様は佳樹（かじゅ）のことを妹として愛してくれてるんだもん！」

「そんなの分かんないじゃん！」

「分かるよ！　だって、お兄様が好きな人は――」

佳樹は胸に手を当て、大きく息を吸う。

「――男の人なんだもん！」

◇

…………え？

二人の前に飛び出した俺は、衝撃の発言に立ちつくしていた。

最後の方しか聞こえなかったけど――俺に好きな人がいて、その相手は男？

まったく身に覚えのない話に固まっていると、俺に気付いた佳樹の顔が見る間に青くなる。

「おっ、お兄様っ!?　どっ、どどど、どこからっ、聞いてましたっっ!?」

「へっ？　いやその、好きとか嫌いとか最初に言ったのは……えっと、どういうこと？」

純度100％のハテナマークを浮かべていると、

「あの、そ、その――佳樹、お鍋を火にかけっぱなしなので家に帰りますっ！」

謎の言葉を残して、佳樹がその場を逃げ出した。

「え!?　ちょっと」

ええと、まったく状況についていけないぞ。

姿を消した佳樹を見つけたら権藤さんとなにか言い争っていて。

俺は男に恋してて、佳樹が家に帰った。

それになんで、佳樹たち三人の話に俺が出てくるんだ……？

混乱して立ち尽くしていると、俺を追いかけてきた天愛星さんがハンカチを口元に当ててしゃがみこんでいる。

「天愛星さんどうしたの？」

「いや、あの、は、鼻血が――」

………なんで。

「えっと、大丈夫？」

「だ、大丈夫ですので私にはお構いなく！」

そうは言うけど。天愛星さんの顔は血の気が引いて真っ青だ。

「ねえ権藤さん。悪いけどこの人を」

振り向くと、彼女の姿はすでにない。ええと、つまり。

俺は旧校舎裏の林で、鼻血を流す天愛星さんと二人きり。

……なんなんだこのシチュエーション。

「立てる？　校舎まで送るよ」

「い、いえ、私に構わず妹さんのところに行ってあげてください」

「さすがにほっとけないって。大丈夫、妹は家に帰ったみたいだし」

俺が手を差し出すと、天愛星さんが震える手でつかんでくる。

いつも強気な天愛星さんも、今回ばかりはしおらしい。

……いつもこうならいいのに。

◇

天愛星さんを生徒会室まで送り届けるのに意外と時間がかかってしまい、自宅に着いたころには陽が沈みかけていた。

文芸部の連中には先に帰るとＬＩＮＥで伝えたが、小鞠から恨み節の返信が立て続けに届いている。明日は部室に行くのやめようかな……。

俺は溜息をつきながら空を見上げる。空のふちを彩っていた淡い夕暮れは、帰り支度を急ぐかのように青墨色に塗りつぶされていく。

カチリ。玄関の前に立つと、センサーが反応して灯りがついた。

鍵を開けながら、佳樹にかける言葉を考える。


――この物語は橘君の甘夏先生への淡い恋で始まった。


そして次の物語は佳樹と権藤さんと橘君。この三人の物語のはずだ。

じゃあなぜ、さっきの佳樹は俺の話をしていたのか。

それはつまり、三人の物語だというのは俺の思いこみで。

もっとシンプルな回答が、どこかにあるのではないか――。

心が定まらないまま玄関の扉を開けると、佳樹の小さな靴がチョコンと揃って並んでいる。

一階からは人の気配がなく、両親はまだ帰ってきていないようだ。

俺は覚悟を決めて階段を上ると、佳樹の部屋の前に立つ。

ノックをするが返事はない。少しためらってからドアを開けると、部屋の中は薄暗い。

廊下からの灯りに照らされた室内は、ピンクを基調とした女の子らしい部屋だ。壁の俺ポスター、また新作が追加されてるな……。

佳樹（かじゅ）は床に座ったまま、ベッドにもたれて居眠りをしている。

可愛（かわい）らしく寝息をたてているのを見て、俺はようやく胸をなで下ろす。

そういえば昨日の晩、眠れなかったと言ってたよな。

手探りで灯りをつけると、佳樹の前にはアルバムが置いてある。

佳樹の隣に座ってアルバムに目を落とす。

開いたままのページには、まだ小さかった佳樹と俺の写真が並んでいた。

……あ、これ七五三の写真だ。紋付き袴（はかま）を着た俺と着物姿の佳樹が笑顔で並んでいる。

確か俺、ちとせアメの食べすぎで虫歯になったんだよな。心配した佳樹がガチめの歯医者さんごっこをしようとして、騒ぎになった覚えがある。

俺の中ではそのころの佳樹と少しも変わらない。相変わらず可愛い俺の妹だ。

だけど佳樹は知らぬ間に少しずつ大人になっていた。

これからアルバムには俺が隣にいない写真が増えていく。

その中の佳樹も笑顔でいてほしいけど、きっとカメラの外では涙を流すこともあるだろう。

俺ではなく誰かの胸で泣く日もきっと遠くない。

それでも立ち止まって休みたくなった時、少しだけ支えてあげる。それが家族だと思う。

指先でそっとアルバムをめくると、パリパリと音をたててページがはがれる。

「う……ううん……」

その音が、眠りの最後のベールをはがしたのだろう。

昼から小さな声がもれ、佳樹の睫毛が震えた。

「佳樹、起きたか？」

「お兄様……？」

まだ状況をつかめてないのか、佳樹は眠そうに目をこする。

「佳樹、寝ちゃいました……って、お兄様っ?!」

しばらく固まっていた佳樹は、いきなり必死の形相で俺の服をつかんでくる。

「お兄様！　が、学校で！　話はどこから聞いてましたかっ?!」

「え？　ああ、俺の好きな人が男だって」

「それより前はっ!?　前の話は聞きましたか?!」

「へ？　いや聞いてないけど」

「聞いてない……？　はぁー……良かった」

安堵の溜息をもらす佳樹。

待て。あれよりも聞かせられない話って、一体なにを話してたんだ……？

「それより佳樹、俺の好きな人が男ってどういうことだ」

佳樹は拗ねたように口をとがらせる。

「とぼけないでください。クリスマスイブの夜、一緒にカフェにいた方のことです」

……？　なに言ってんだ。志喜屋先輩はどこかからどう見ても女性――。

「ひょっとしてお前、お兄ちゃんが男の先輩と会ってるとこ見たのか？」

「はい。一つの飲み物を二人で飲んで、ずいぶんと仲良しでした」

佳樹はプイとそっぽを向く。

「あれは単に先輩が食事をドタキャンされたから、食事を付き合っただけだって」

「じゃあ、カップルストローはどういうわけなんですか？」

「あれは――ほら、そういう流れだったから。佳樹にもそんなのあるだろ？」

「ありません」

うん、だろうな。

「とにかくあの先輩にはラブラブの彼女がいるし、単なる代打だよ」

「…………ホントに？」

「本当に」

俺の顔を食い入るように見つめていた佳樹はようやく納得してくれたのか、複雑な表情でホッと息をつく。

「それで佳樹、橘君の件だけど」

「……はい、残念でしたね」

さすがの佳樹も表情を曇らせる。

好きな人が恋に破れたところを見て、それでもなお相手を心配する。佳樹はそんな子だ。

そんな子だけど、ぬぐいきれない違和感が俺の中から消えようとしない。

校舎裏の林。そこには佳樹だけではなく権藤さんもいた。


——権藤アサミ。


佳樹の親友で、聞けば橘君の古くからの知り合いだ。

こんがらがった思惑の中で、彼女の存在だけが浮いている。

橘君の告白の場から逃げ出して。さっきは言い争った佳樹が逃げ出した。

彼女もまた、この物語の登場人物だ。

そして彼女の傷ついた、だけどすがるような瞳を——俺は知っている。


「……ごめん、お兄ちゃんが間違っていた」


不意に口をついた言葉に、佳樹が首を横に振る。

「いえ、お兄様はなにも悪く——」

「俺は佳樹が橘君のことを好きだと思っていた。でも違った」

佳樹の小さな頭がピクリと震える。

なにか言いたげな佳樹を手で制すると、俺は言葉を繋げる。

「権藤さんが橘君のことを好きだって、それくらいは俺にも分かる。俺に分かることは佳樹にも分かる。だから今日の佳樹が、ずっと不思議だったんだ」

「……不思議？」

戸惑うように繰り返す佳樹に向かって、優しく頷く。

「俺の妹は友達と同じ人を好きになって、平気な顔をしてる子じゃない。きっと悩んで。苦しんで。最後は自分だけが傷つくことを選ぶ子だ」

俺は佳樹の頭に手を置くと、そっとなでる。

「だから権藤さんが彼のことを好きなら、佳樹はそうじゃない。どうだ、お兄ちゃんの推理は冴えてるだろ？」

「……はい」

佳樹はいたずらがバレた子供のように、バツが悪そうにうつむく。

「佳樹、橘君のことは本当にお友達で、異性として好きとかじゃなくて」

「ああ、分かってる。今日の橘君との約束ってバレンタインとは関係なく、最初から学校見学会のことだったんだよな」

佳樹は申し訳なさそうな顔でコクリと頷く。

「じゃあ豊川稲荷（とよかわいなり）のデートは」

「前々から、ゴンちゃんと三人で行く約束だったんです。受験を控えた先輩に、お守りを買いに行こうって」

　つまり最初から、俺の独りずもうだったというわけか。

　思わず苦笑いが口元に浮かぶ。

「ならなんで、あんなに思わせぶりな発言をしてたんだ？」

「それは――」

　しばらくうつむいていた佳樹は、意を決したように話し出す。

「チョコを作っていた日、橘君から電話があったのはお兄様も知ってますよね？」

「ああ、知ってるけど」

「それを聞いたお兄様が彼との仲を疑ってるのを見て――佳樹、悪いことを考えたんです。お兄様に、このまま誤解していてもらおうと」

　気まずそうに目を逸（そ）らす佳樹。

「なんでそんなこと……？」

「お兄様、ずっとお友達がいなかったじゃないですか。佳樹が小さなころから、どんな時もそばにいてくれて。ひょっとして佳樹のせいでお友達がいないんじゃないかって」

「友達がいなかったのは１００％俺のせいだぞ」

心からの言葉を冗談とでも思ったか。佳樹（かじゅ）は力なく微笑（ほほえ）む。

「だから高校でお兄様が文芸部に入って、お友達がたくさんできて。佳樹、本当に嬉しかったんです。このまま素敵な恋人ができて、佳樹がお世話することもなくなっていくのかなって。そう思ったら……なんだか不安になったんです」

言いながらアルバムのページをめくる。

「物心ついたころからずっとお兄様と一緒にいて。楽しいときも悲しいときも、ずっとお兄様が隣にいて、それが当たり前だったから」

佳樹はアルバムのフィルムをはがすと、一枚の写真を手に取った。

俺の小学校の入学式。校門でぼんやり立つ俺の横、4歳の佳樹が涙で目を赤くしている。

そういえばあの時――。佳樹がクスリと笑う。

「佳樹、お兄様が小学校に行ったら、そのまま家からいなくなるって勘違いして。入学式でもずっと泣いてました」

「思いだした。佳樹、その晩は俺に引っついて離れなかったんだよな」

「だって、離したらお兄様がいなくなっちゃうと思ったんです」

佳樹は写真を戻すと、再びアルバムをめくる。

次に指を止めたのは、それから3年ほどあとだろうか。

家族で海水浴に行ったときの写真。

ヒトデを持った佳樹が俺を追いかけてる場面だ。俺、メッチャ真顔で逃げてる。

「……佳樹、ヒドくない？」

「お兄様、戦隊モノ好きだったからヒトデとか好きかと思って」

確かになんか武器っぽいけど。

次に佳樹の指が止まったのは、初めて桃園（ももぞの）中の制服を着た佳樹と、俺との記念写真だ。

佳樹は満面の笑みで、気まずそうな顔の俺と腕を組んでいる。

「覚えてますか？　お兄様が二人の写真を撮りたくないって言うからケンカしちゃって」

はっきりと覚えている。

中学で友達がいないのは全然気にしていなかったけど、その姿を佳樹に見られるのがなんとなく嫌だった。

だから同じ中学に通えるってはしゃぐ佳樹を、素直に祝ってあげられなかったのだ。

「……俺も子供だったんだな」

俺は自嘲気味に呟（つぶや）く。

「佳樹もまだまだ子供です。お兄様が変わっていくのが嬉しいけれどさみしくて」

コトン、と佳樹が頭を俺の肩に乗せる。

「だからもう少しだけ――お兄様に佳樹のことを見て欲しかったんです」

佳樹の黒髪が、手の甲をくすぐるようにサラサラとこぼれてくる。

肩にかかる重みは昔から変わらない。

これまで佳樹と俺は同じ歩調で大きくなって。

だけどこれからは別々に、それぞれのペースで大人になっていくのだろう。

「……それで佳樹。権藤さんはどうなんだ？」

「どうって……？」

これで一件落着。そうしたいけど、もう少しだけ片付けなきゃいけないことがある。

「今回の橘君の告白、彼女も応援してたのか？」

「そういうわけじゃないですけど――でも――」

口ごもる佳樹に向かって、俺は言葉を続ける。

「彼女も今回告白することは知っていたんだろ？　橘君に好きな人がいるのは仕方ない。だけどその背中を押す手伝いを、彼女にさせるのはどうかと思う」

「でも、橘君の好きな人は先生なんです。甘夏先生はちゃんとした方だから、断るだろうって。それが分かっていたから、佳樹は今回のこと」

「……いや、あの人わりと危なかったぞ。４年後なら完落ちだった。

「ゴンちゃん、このままでいいって。彼に気持ちを伝える気がないって言うんです。橘君のこと気にしてる女子だっているのに」

歯がゆさを感じる、その気持ちは分からないでもない。

だけど本人の意思を無視してまで、なぜ佳樹がここまで入れこんでいるのか。

「彼女がそれでいいって言うならそうなんじゃないかな」

「本当に？　お兄様はそう思いますか？」

無言で頷くと、佳樹は少し動揺したように目を泳がせる。

「だって佳樹たち４月から３年生なんですよ。あっという間に受験で、高校に入ったらみんな離れ離れで――」

佳樹は両手の指をからめて、グッと握りしめる。

「ゴンちゃんもこのままじゃ、きっと後悔します。高校が違うから会うこともなくなるし、付き合ったって別れる人が多いのにこのままじゃ」

俺は佳樹の頭をなでながら、静かな口調でたずねる。

「だから佳樹は、権藤さんをたきつけるために――この計画に入れたのか？」

佳樹の肩がビクリと震える。

「だって……佳樹、ゴンちゃんが悲しむ顔を見たくないんです。このまま一緒にいられなくなって、段々と繋がりが消えていくのが――考えるだけで怖いんです」

不安そうな佳樹の表情に、ようやく気付いた。

――佳樹は俺たちの関係を二人に投影している。

俺にとっての佳樹。佳樹にとっての俺。

両親は共働きだから、佳樹がいままで過ごした時間が一番多いのは俺だ。

だけどこの先、俺の順位が下がっていくのは間違いなくて。

その時、佳樹のそばにいるのが誰なのか。俺が知るよしもないけど、寂しさを感じてないと言ったら嘘になる。

「……佳樹も不安なのか？」

「…………うん」

俺は無言で膝をポンポンと叩く。

佳樹はいそいそと俺の膝に座る。

「俺もこの先、変わっていくのは不安だよ。できれば佳樹とも、このままでいたい」

「……本当ですか？」

俺は返事の代わりに佳樹の頭をなでる。

「だけど佳樹が生まれてからの１４年。俺と佳樹が過ごした日々は、この先もずっと変わらないだろ？」

俺の顔を佳樹が静かに見上げてくる。

「例えば俺がいま佳樹の頭をなでてるのも、次の瞬間には過去だ。だから誰にも触れられないし、誰にも変えられない」

もう一度、念入りに佳樹の頭をグリグリする。

「大丈夫、俺たちには誰にも触れられない積み重ねがあって。将来俺たちが離れ離れになっても――佳樹に誰か特別な人ができても。それは変わらないんだ」

「……はい」

力無く頷く佳樹。

「権藤さんにも、本人にしか触れられない橘君との積み重ねがあるんじゃないかな。それを周りが勝手に決めつけちゃいけないよ」

「でも、お兄様。このままで、ゴンちゃんが後悔しないでしょうか」

俺は首を横に振る。人間関係に正解なんてない。

間違いをお互いに積み重ねて、それを許したり許されなかったり。

そうして続けていくものだと思う。

「ひょっとしたら佳樹の言うことは正しいのかもしれない。もしかして権藤さんもいつか後悔するかもしれない――けど、正しいからって正解とは限らないよ」

口を開きかけた佳樹を制して、言葉を繋ぐ。

「あの子は佳樹の一番の親友だろ。ちゃんと話をした方がいい」

「……はい、明日学校で話をしてきます」

佳樹は最後はハッキリと言うと、俺に背中を預けてくる。

「お兄様、ちっちゃなころみたいに佳樹をギュッとしてください」

え、そんなことしてたっけ。

覚えてない——って言える雰囲気じゃないよな。俺は後ろから佳樹に腕を回す。

佳樹は回した手に自分の掌を重ねると、クスクスと笑う。まるで小さな子供のように。

……膝の上にぬくもりを感じていると、ふと疑問が湧いてきた。

「そういえば作ったチョコはどうしたんだ。あんな気合の入ったチョコ、俺以外の誰に——」

「お兄様は佳樹があげなくても、学校でたくさんもらったでしょ？」

佳樹はプクーと頬を膨らませると、肘をつねってくる。

「本命チョコをいくつももらうお兄様に、佳樹がチョコをあげるなんてミジメです。佳樹にだって、女子のプライドというものがあるんです」

「待て、本命チョコなんてもらってないぞ」

相変わらず佳樹は俺を買いかぶりすぎだ。俺は苦々しく笑みを浮かべる。

「……お兄様、チョコを1個ももらわなかったんですか？　小鞠さんにも？」

佳樹が信じられないとばかりに目を丸くする。

「みんなで見学者用にチョコを持ち寄ったけど、それだけだぞ。義理チョコなら1個もらったけど——」

「もらったんですね！　誰からですか?!」

興奮気味にのしかかってくる佳樹を両手で押しやる。

「朝雲さんだよ。あの子、彼氏いるから純度99．9％の義理チョコだ」

「……100％じゃないんですか？」

「宝くじを買ったら、当たったらなんに使うか妄想するだろ？ それと同じで0．1％の可能性は大切なんだ。例えばチョコをくれた人は、俺の知らない朝雲さんの双子の姉とかいう設定はどうだろう」

「なるほ……ど？」

佳樹は左右のこめかみに人差し指をあてて考えていたが、理解するのをあきらめたらしい。首を振りながら立ち上がると、机の引き出しからなにかを取り出した。

そして背後にそれを隠したまま、俺の前にぺたんと正座する。

「ええと……お兄様、最後に確認です。本命チョコはもらわなかったんですね？」

「ああ、もらってない」

佳樹はモジモジとうつむきながら、可愛らしくラッピングされた袋を差し出してきた。

「本命の妹チョコです！ どうぞ受け取ってください！」

戸惑いながら受け取ると、透明な袋の中には佳樹が作ったチョコが詰まっている。

「……これ、俺にか？ お兄ちゃんにはくれないんじゃなかったのか」

「だって本命チョコはもらわなかったんですよね？ じゃあ今年は佳樹が本命の妹チョコを上げても許されるんです！」

なるほど。妹チョコという謎概念の前に、理屈なんて無粋だ。

俺は顔を真っ赤にしている佳樹（かじゅ）の頭をなでる。

「ありがと。大事に食べるよ」

「はい、お兄様！」

元気な佳樹の声が部屋に響く。

――と、窓の外から聞き慣れた車のエンジン音が聞こえてきた。

「父さんたち帰ってきたな」

「ですね、お夕飯の支度をしないと」

佳樹は俺の手をぎゅっと握ってから立ち上がる。

今度こそ一件落着だ。橘（たちばな）君の恋が終わって。佳樹が笑って。甘夏（あまなつ）先生がちょっとモテた。

バレンタインの騒動も、過ぎてしまえばいつもの日々の中にある。

佳樹に続いて部屋を出ようとすると、佳樹はドアノブをにぎったまま立ち止まっている。

「どうした佳樹、行かないのか？」

「さっき、佳樹が友達と同じ人を好きになったら、身を引くだろうって言いましたよね」

背を向けたまま、佳樹が呟（つぶや）く。

「え？　ああ、確かに言ったな」

「……ちょっとだけ違うかもです」

ん？　一体なんの話だ。

佳樹はクルリと振り向くと、少しだけ背伸びをし――


俺の頬にキスをした。


「ちょっ?!　佳樹、なにするんだ?!」

佳樹はサッと俺から離れると、人差し指で自分の頬をチョンとつつく。

「ホッペにチョコが付いてたので、佳樹が綺麗にしてあげました」

「いやいや、さすがにそれは」

「えへへ、お母さんには内緒ですね」

佳樹はそう言って、花のような笑顔をみせる。

俺は黙って首を横に振る。

そんな笑顔を向けられたら――お兄ちゃんは降参する他ないのだ。

◇

翌日の月曜日はめずらしく西風が穏やかだった。

北の低い空に帯状の雲が幾重にも並んでいる。

市立桃園(ももぞの)中学、園芸部の温室。天井から差しこむ透明な早朝の陽に照らされて、権藤(ごんどう)アサミ——ゴンちゃんが鉢植えに向き合っていた。

パチン。剪定(せんてい)ばさみが小気味よい音を立てる。

ゴンちゃんは枝をジッと見つめていたが、意を決したようにもう一度はさみを伸ばす。

キィィ……。温室の古い扉がきしみながら開いた。

顔をのぞかせたのは——温水佳樹(ぬくみずかじゅ)。

「ゴンちゃん、ちょっといい……？」

「そこ、床に肥料置いてるから気をつけりん」

佳樹は無言で頷(うなず)くと、足元の袋を避けながらゴンちゃんに歩み寄る。

「……あの、ゴンちゃん」

「盆栽って、鉢の中に自然の風景や場面を写し取るでね。ほら、こっちから見りんよ」

唐突にそう言うと、ゴンちゃんは佳樹を手招きした。

戸惑いながら近付くと、佳樹は目を細めて盆栽を見つめる。

「風景――ミニチュア模型みたいなものかな」

ゴンちゃんは言葉を探すように視線を上げる。

「近いけどちょっと違うでね。盆栽は少しずつ時間をかけて幹や枝、葉を育てていくじゃんね。それが風景になっていくんよ」

横に大きく張り出した枝を見つめながら、独り言のように話し出す。

「……この盆栽、うちらと同い年なんだでね」

「14年も経ってるの？」

佳樹の言葉に頷くゴンちゃん。

それがどれだけ長いのか。ゴンちゃんや佳樹自身には分からない。だけど彼女たちにはその月日がすべてだ。

「これをくれた先生が言っとった。木を目指した形にしようとして、手を加えても上手くいかんことが多いんよ。でもね、思いがけなく育った枝付きが――すごくいい景色になったりするじゃんね」

パチン、と枝の先を切る。

しばらくそのまま切り口を眺めていたゴンちゃんは、そっとはさみを置く。

「……もし聡に彼女ができたら私、どショックだと思う」

「うん、だから――」

「でもね、いま私があいつと付き合いたいかと言ったら、違うじゃんね」

なにかを言いかけて、口を閉じる佳樹。

ゴンちゃんは静かに首を横に振る。

「私が一緒にいた聡は、小さなころ会った先生のことがずっと好きな――アホで一途なやつじゃんね。だから私が告白して、心変わりするような聡は聡じゃないら？」

「えーと……解釈違い、ってこと？」

思いがけない一言に、思わずゴンちゃんの口元がほころぶ。

「それかもしれんね。だからそっとしておいてくれると嬉しいんよ」

「……うん、ごめんね。ゴンちゃん」

「こちらこそ心配かけてごめん」

いつに間にか陽はのぼりきって、温室の中はすっかり明るくなっている。

佳樹は周りの様子をうかがうと、一歩ゴンちゃんに向かって足を踏み出す。

「……あのね、ゴンちゃん。ちょっといいかな」

ゴンちゃんが頷くと、佳樹は綺麗(きれい)にラッピングされたピンク色の小箱を取り出す。

「友チョコ、作ってみたの。ゴンちゃん、受け取ってくれる？」

「私に？　いいのかん？」

「うん、ゴンちゃんにもらって欲しいの」

ゴンちゃんはチョコを受け取ると、お返しとばかりに佳樹に剪定ばさみの持ち手を差し出す。

「これ、試しにやってみりん。この枝、少しまとめるでね」

「え？　佳樹がやってもいいの？」

おずおずとはさみを受け取る佳樹。

「うん、上手くいかなくてもそれが味になるじゃんね」

驚く佳樹の頭を優しくなでるゴンちゃん。

佳樹は緊張気味に鉢植えの前に立つ。

「枝に針金が巻いてあるんだね。これ、なんのためにやってるの？」

「枝の形を整えて、陽当りや風通しを良くするんよ。木が眠ってる寒い季節にやるじゃんね」

「毎年するんだ。この盆栽、こうやって育ってきたんだね」

ゴンちゃんは頷くと、枝を優しくなでる。

「でもね、針金を巻いたからって好きな形に変えれるわけじゃないじゃんね」

「そうなの？」

ゴンちゃんは慈しむような瞳で、ゴツゴツとした幹を見つめる。

「時間を重ねて少しずつ育って。持ち主の理想通りだったり、予想を外れたり。色んな積み重ねの先に、この形があるじゃんね」

「積み重ねの先に――」

佳樹はその言葉に、なにかが腑に落ちたような気がした。

この先どんな未来があっても、それはこれまでの積み重ねの先にしかない。

兄の将来。自分の将来。きっといつかは別の道を行く。

でもそれは、いままで二人で過ごした時間と繋がっている。

「……なんか盆栽も楽しそうだね」

「そうだら？ ヌクちゃんも興味があるなら、いつでも教えてあげるに」

瞳を輝かせるゴンちゃんに頷くと、佳樹は改めてはさみを構える。

「じゃあこの辺り、切ってもいいかな」

佳樹がはさみを枝にあてると、慌ててアサミが手を伸ばす。

「もうちょっと刃先を立ててくれん？」

「じゃあこんな感じかな」

「あ、もうちょこっとだけ枝のこっちに――」

ついにはゴンちゃんが手を出し始めると、佳樹はふくれっ面で腰に手を当てる。

「もう。ゴンちゃんがやってもいいって言ったのに」

確かにそうだ。

後悔したって。泣いたって。

自分が選んだ道ならそれでいい。そう決めたはずだ。

「ごめんって」

ゴンちゃんは苦笑いをしながら、降参とばかりに両手を上げる。

「どう育ってもそれはそれで——いいじゃんね」

エピローグ　これまでとこれからと

学校見学会の翌日は——月曜日だ。繰り返す。月曜日なのだ。

休日が潰れた最初の平日は朝からやさぐれた気分になる。甘夏先生の性格はこうやって醸成されていったんだろうな……。

朝のHRの時間、俺は頬杖をつきながらそんな物思いにふけっていた。

「よーし、連絡事項はこれだけだ」

と、甘夏先生のよく通る声が俺を現実に引き戻した。

からまれないように姿勢を正すが、今日の先生はやたらと上機嫌だ。

「それで昨日は学校見学会だったが、なかなか見どころのある生徒が多かったぞ」

先生はだらしのない笑みを浮かべながら、教卓に身を乗り出す。

「いやあ、教師やってると色々あるんだよ。まああれだ。思春期の若者には大人の女性っていうのか？　そういうのって魅力的に映るんだよな。うん、分かる分かる」

……ひょっとしてこれ、橘君のこと言ってんのか。

まあ、これまでそんなのなかっただろうし。少しくらい浮かれるのも仕方ない。

「お前らも綺麗なお姉さんに憧れる時期があるかもしれんが、先生はダメだかんなー。わはは」

教室の冷えこむ空気をものともせず、甘夏先生の恋愛（?）トークが続く。

聞きたくもない先生のモテエピソードを聞き流しながら、過ぎ去ったバレンタインデーのことを思いだす。

……今年の俺はついにチョコをもらった。

1個だけだし、義理チョコなのは間違いないが、大きな進歩である。

文芸部の連中からはもらえなかったが、あいつら相手だとお返しが面倒だし、もらえなくて良かったといっても過言ではない。いやホント。

「――ま、お前らもあと少しで進級だ。文理も分かれるし、大きなクラス替えも待ってる。卒業までまだまだあると思ってても、1年生も2年生も一度きりだからなー、いまを大事にしろよー、先生みたいに後悔するなよー」

気がつけば先生の話はネガティブゾーンに突入している。

先生のモテエピソード、思ったよりスカスカだったな……。

甘夏先生は仕切りなおすかのように、教卓を出席簿でパンと叩く。

「よし、それじゃお前ら今週も気合入れてけよ！」

◇

放課後の部室。

昨日の顚末を聞き終えた文芸部の三人娘は、呆気に取られて顔を見合わせた。

「まさか橘君が甘夏先生をねぇ……そっか……気の毒な……」

八奈見はしみじみ呟きながら、柿の種をポリポリかじる。

「橘君って、ぬっくんと並木道を歩いてた男の子だよね。人は見た目によらないねー」

握力を鍛えるアレをキコキコやりながら、焼塩もしきりに頷いている。

二人の様子を見て、小鞠が不安そうな顔をした。

「あ、あの先生、そんなヤバい人なのか……?」

「甘夏ちゃんはいい先生だよ、ちょっとアレなだけで」

俺の視線に気付いたか、八奈見が柿の種をシャラシャラ鳴らす。

「温水君も食べたいの?」

「いや、俺は大丈夫。それより昨日、甘いものたくさん食べてたけど大丈夫? こないだダイエット始めるとか言ってたけど」

「ダイエットなら始めてるよ」

そう言うと、ザラザラと柿の種を口に流しこむ八奈見。

またこいつ、ダイエットの概念を変えようというのか。

「それに昨日は朝も昼も食事を抜いたんだよ。だから大丈夫」

「でもあれだけ甘いモノ食べたら、意味ないんじゃ……」

俺のもっともな指摘に、八奈見はヤレヤレとばかりに肩をすくめる。

「ああそっか、温水君ってダイエットとかよく知らないもんね。私が教えてあげようか？」

「……そこまで言うなら教えてくれ」

俺の呆れた視線を跳ね返し、八奈見はドヤ顔で話しだす。

「ダイエットの神髄は、身体の裏をかくことだよ」

予想通り変なこと言いだした。

「えっと、どういうこと……？」

「つまり身体の裏をかいて、太る暇を与えないんだよ。食事を抜いて身体が油断したところに間食を食べるでしょ。間食だけなら食事よりグレードが下がるから、断食してるのと同じ効果があるんだよ」

……なんか段々、理論がオカルトめいてきたぞ。

「いやでも、カロリーは変わらないだろ？　むしろ不規則な食事は代謝が下がってダイエットには向かないんじゃ」

「大丈夫だって。このダイエット法、五回試して二回成功させてるんだから」

負け越してるじゃん。

とはいえ、貴重な成功体験は大事にしたい。これ以上つっこむのはやめだ。

「ぬ、温水。妹さんの部誌、持ってけ」

小鞠が差し出してきたのは、佳樹たちが残していった3冊の部誌。

そういえば三人とも部室には寄らずに帰ったんだよな。

部誌を受け取るが、小鞠が手を放そうとしない。

「え、どうした」

「……い、妹さんとなにかあったのか」

「さっき話しただろ。橘君が甘夏先生に会えるように協力してたんだって」

俺は隙を見て部誌を奪取する。

八奈見たちには、俺と佳樹のゴタゴタは話していない。

理解を求めることでもないし、そもそも他人に言うような話じゃない。

「ぬっくん、妹さんに好きな人がいなかったにしては、あんまり嬉しそうじゃないね」

「ん……まあ……」

焼塩の視線から顔を逸らしつつ、俺は部誌を開く。

開いたページはちょうど佳樹の小説だ。

この小説では兄妹は離れ離れになったが、それでも積み上げた日々は消えたりしない。

新たな世界に踏み出す兄と、日常に取り残される妹。

佳樹はこれにどんな想いをこめたのか——。

そんな物思いを破るように、勢いよく部室の扉が開いた。

「お兄様、佳樹が来ましたっ！」

へっ?!　呆気にとられる俺の膝に飛び乗ってきたのは——佳樹だ。

膝の上に横座りになると、俺の首に両手を回してくる。

「ちょっ、なんでここにいるんだ?!　つーか学校はどうした？」

佳樹は俺の質問に動じず、胸から下げたカードを見せてくる。

「えへへー、これを見てください」

佳樹の首にかかったカードには『臨時入構証』の文字。

そして入構証の発行者は——生徒会だ。

「生徒会……？　なんで佳樹がそんなものを」

「ツワブキ生徒会のお仕事を、近くで勉強させてもらえることになったんです」

「えーと……それは今日だけ、だよな？」

佳樹はニコリと微笑むと、ギュッと俺の首に抱き着いてくる。

「会長が佳樹のことを気に入ってくれて、いつでも来ていいっておっしゃってくれました」

……ということは。

「これから末永くお願いしますね、お兄様」

言いながら、佳樹は俺の頬にグリグリと頭を押しつけてくる。

ええ……この先もツワブキに出入りするつもりなのか。

「待て待て、ちょっといったん落ち着きなさい」

俺は佳樹を引き離す。

「佳樹はいたって冷静ですよ？」

「じゃあ聞きなさい。お前には中学校の生徒会もあるだろ」

「はい、両立できるよう頑張ります」

……そうか、頑張るのか。

どう言い聞かせようか迷っていると、佳樹は笑顔で俺の瞳をのぞきこんでくる。

「昨日、お兄様の話を聞いて佳樹は目が覚めました」

「覚めちゃったの？」

「はい、ちゃったです。将来の不安にとらわれて、今日という日に目を向けないのはもったいないです。過去の積み重ねの先にあるのが今なんです。だからお兄様と一緒に、可能な限り素敵な過去を積み上げていこうと決めました」

「決めちゃったのか」

「はい、ちゃったです」

……これは困ったぞ。

助けを求める視線を送ると、三人娘はドン引きの視線を返してくる。

「温水君、部室だからほどほどにね？」

「えっと、オメデト」

「し、死ね」

……うん、期待してなかった。

軽く絶望していると、佳樹が三人に微笑みかける。

「あ、お土産にマドレーヌを焼いてきました」

「ようこそ妹ちゃん！」

八奈見、即落ちだ。

「小鞠さんも、いつでもうちに遊びに来てくださいね！　新しい入浴剤、用意しときます」

「うえっ?!　あ、あの——わ、分かった」

小鞠が怯えたように顔を伏せる。

と、それを聞いた八奈見が途端にシリアスな表情になる。

「入浴剤……？　小鞠ちゃん、それ詳しい話聞かせてくれる？」

「!?　ちっ、ちがっ?!　その、ぬっ、温水が風呂、沸かすから——」

「へっ？」

なにそのキラーパス。

今度は焼塩が俺をジト目で見てくる。

「……ぬっくん、小鞠ちゃんになにしたの？」

「誤解だって！　ほら佳樹、お前もなんとか言ってくれ！」

ニコリと微笑んで頷く佳樹。よし、頼むぞ――。

「佳樹はお兄様のすることならなんだって応援します！　どーんと、やっちゃってください！」

「「なにしたのっ?!」」

ハモる八奈見と焼塩。

俺はなにも悪いことしてないのに、なんでこんな目に。

……

…………いや、ホントにそうだな。俺、なにも悪くない。

俺は佳樹を抱えたまま立ち上がる。

「そんなことより今日の部活動を始めます！　まずは昨日の見学会の総括を」

「そんなこと……？」

八奈見がマドレーヌを食べながら睨みつけてくる。

怖いがここまでは計算の内だ。

俺の計算では風呂の一件をごまかそうと小鞠が話に乗ってくるはず。

乗ってきたら、勢いでこのまま部活を始めてうやむやに——。

「そ、そんなこと……？　し、死ね！」

「見損なったよ、ぬっくん！」

……早くも計算がくるった。小鞠どころか焼塩まで、犯人を見る目を向けてくる。

なぜこんなことになったんだ。俺、悪くないよな……？

三人の声を浴びながら天井を見上げていると、佳樹が耳元で囁(ささや)いた。

「これからもずーっと一緒ですよ——お兄様」

あとがき

負けヒロインが多すぎる！　なんと5巻に到達です！

これも皆様の応援のおかげです。どれだけ感謝しても足りません。

そして担当の岩浅(いわあさ)氏には今回も大変お世話に——なっている最中です。

はい、またもこれを書いている時点で作業は終わっていません。恒例です。

私が初稿からバシッと決めていれば……せめて二稿で決めていれば……。

すみません、もう少しだけ岩浅さんの睡眠時間をいただいてしまいます。

……今回もご迷惑をおかけしました。


あらためて5巻の話です。皆さん、表紙はもうご覧になりましたか？

ええ、もちろん見てますよね。

いみぎむる先生の筆が生み出した佳樹(かじゅ)ちゃんは、やはり最強でした。

ぜひ1巻の表紙と見くらべてください。

最強妹の可愛(かわい)さに震えるのと同じくらい、八奈見(やなみ)さんに対して言いようのない感情が生まれてくると思います。がんばれ八奈見。超がんばれ。

さて、5巻の本編は2月の中旬。バレンタインデーの一幕です。

少しだけシスコンの温水君が、お兄様ラブな佳樹の秘密に迫ります。

八奈見、焼塩、小鞠のマケインズもいつも以上にいつも通りです。

マケイン達の残り少ない1年生の日々を、ぜひ一緒に過ごしてあげてください。

いたち先生によるマケインコミカライズも1巻が発売中、漫画アプリのマンガワンでも好評連載中です。

原作を読んだ方も読んでない方も楽しめるので、ぜひ読んでくださいね。

そして舞台の豊橋市で新たなコラボが決定！

マケイン5巻の発売直後から、ＪＲ東海さんのコラボイベントが豊橋駅ビルのカルミアで開催されます！

資料を見せて頂きましたが、すごい規模で驚愕しています……！

いみぎむる先生のイラストも堪能できるコラボにぜひ遊びに来てください。

佐野妙先生の『だもんで豊橋が好きって言っとるじゃん！』5巻も、マケイン5の前日に発売されるという運命的な偶然もありますので、『だも豊』も要チェックです。

カルミアと駅前付近にはマケインと『だも豊』に出てきたスポットが沢山あるので、退屈しませんよ。

のんほい植物園のコラボもラストスパート中ですので、豊橋（とよはし）駅から一駅、こちらにも足をのばしてみてください。

……さて、今回も無理を言って書かせていただきました。

最強勝ちヒロインと最強負けヒロイン、親友同士の放課後です。

この二人って本当に親友なの……？

なんて噂は一気に吹き飛ぶこと間違いなしです。多分。

今夜は寝かさない

豊橋駅前のショッピングモールカルミア。

買い物客でにぎわうフロアに、ひときわ目を惹くツワブキ生がいた。

——八奈見杏菜と姫宮華恋。

二人はヤマヤスのジュースバーで飲み物を買うと、駅通路側のカウンターに陣取った。

ガラス越しに構内を歩く人の流れを見ながら、八奈見がプラカップを持ち上げる。

「いやー、疲れたね。華恋ちゃん、かんぱーい」

「はい、乾杯」

二人は乾杯をしてジュースを一口。

生フルーツを使った自然な甘みが、疲れた体に染み渡る。

華恋は『アボカドミルク』を飲みながら、八奈見の大量の荷物を眺める。

「杏菜、チョコたくさん買ったね。そんなに誰にあげるの？」

「お母さんに頼まれてさ。職場に持ってくチョコを買ってきてって」

「そういえば杏菜のお母さん、市役所に勤めてるんだっけ」

八奈見は頷くと『抹茶バナナ』を一気に底近くまで飲む。

「それでさ、お使いのついでに文芸部に持ってくチョコも買ったんだよ。ええと、どれだったかな。これは私のだし――」

「……杏菜、ここでちょいっと話があります」

紙袋に手を入れていた八奈見が、不思議そうに顔を上げる。

「え？　どうしたのあらたまって」

「さっきお稲荷(いなり)さん買ったでしょ。ええと確か――」

「壺屋(つぼや)の稲荷だよ。さすが華恋ちゃん、お目が高い」

「いま出さなくていいよ？　それでね。さっき杏菜、買ってすぐに食べようとしたでしょ」

「うん、食べ歩きにちょうどいいかなって。今日は我慢して、たこやきは6個入り買ったから、小腹が空いたの」

稲荷の折り詰めを手に、最高の笑顔をみせる八奈見。

華恋は深刻な表情で八奈見の肩に手を置く。

「……杏菜、私たち、女の子だよね」

「え、どうしたの突然。決まってるでしょ」

華恋は一つ深呼吸。八奈見の瞳を正面から見つめて口を開く。

「聞いて、杏菜。女の子はね、カルミアでショッピングしながら、稲荷寿司を歩き食べしたりしないの」

八奈見は目をパチクリさせながら親友の顔を見返す。

「でもほら、さっきここの地下でたこやき食べたでしょ？　あれと同じだよ」

「ええと、たこやきは一口で食べられるけどお稲荷さんは食事だし、一口じゃ無理でしょ？」

「いけるけど……？」

心底不思議そうに首をかしげる八奈見。

額に手を当て、悩む華恋。

「……そうだね、杏菜の言う通りだよ。私が間違ってた」

「よく分かんないけど元気出して。ほら、チョコ食べる？」

「うん、後で――って杏菜、それバレンタイン用のチョコじゃない？　なんで開けたの？」

「えっ、なんでだろ……」

八奈見は一瞬考えたが、次の瞬間には満面の笑顔になる。

「でも文芸部用だからいっか。華恋ちゃん食べる？」

華恋は首を横に振ると、うつむいたまま黙りこむ。

「どうしたの華恋ちゃん、お腹でも痛い？」

「……ううん、なんでもない。ごめんね杏菜。いま私、ひどいこと言うとこだった」

「私にひどいこと言おうとしてたの……？」

親友がちょっとばかり食欲にまっすぐでも友情は変わらない。

華恋は両手の拳をにぎる。

「杏菜──チョコ、作ろうよ！」

「へ？　作るの？」

開封したチョコを凝視していた八奈見が顔を上げる。

「うん、女子力向上作戦だよ。私一人暮らしだし、いつでも大丈夫。それに前からお泊り会しようって言ってたでしょ？」

「チョコ作り合宿か。いいじゃん、土曜日はどう？」

「うん、大丈夫！」

「じゃあチョコ作って食べて映画とかも見て、ゆっくりしようよ」

「もう杏菜ったら。作ったチョコ食べちゃったらバレンタインが──」

華恋はなにかを思い出したように、ハッと言葉を飲みこむ。

「どしたの？」

「えー……えっと……ごめん、土曜の夜は……その……ちょっと……」

モジモジと指をいじる華恋。

なにかを察したのか、八奈見の顔から表情が消える。

「……あ、はい。了解しました」

思わず敬語になる。華恋は焦(あせ)って手をパタパタと振る。

「違うの！　たまたま前から約束してて――そう！　勉強！　徹夜で学年末テストの見直しをする約束があるの！」

「……泊まるんだ」

「…………え、えーと、あのー」

八奈見は無言で微笑むと、ガラス越しの光景に視線を送った。

手作りチョコ――か。

文芸部に持っていくのも悪くない。最近どうも自分を女子扱いしないヤツが一人いる。

ズズズ……。

八奈見は音を立ててジュースを飲み干すと、残った氷をボリボリとかみくだく。

……ま、私の女子力を見せつけてやりますか。

負けヒロインが多すぎる！
@comic
漫画はいたち先生が担当！
（『僕は友達が少ない』など）
好評連載中!!

1
負けヒロインが多すぎる！
@comic
漫画 いたち
原作 雨森たきび
キャラクター原案 いみぎむる
コミックス
第1~2巻
発売中!!!
「負けヒロインが多すぎる！@comic」
漫画：いたち
原作：雨森たきび
キャラクター原案：いみぎむる
マンガワンにて

ガガガ文庫11月刊

お兄様は、怪物を愛せる探偵ですか?3 ～沈む混沌と目覚める新月～

著／ツカサ

イラスト／千種みのり

混河家当主が、兄弟姉妹たちの誰かに殺された。当主の遺体には葉介が追い続けてきた“災厄”の被害者たちと同じ特徴があり——。ワケあり【兄×妹】バディが挑む新感覚ミステリ、堂々の完結巻！

ISBN978-4-09-453216-6（ガつ2-28）　定価814円（税込）

シスターと触手2 邪眼の聖女と不適切な魔女

著／川岸殴魚

イラスト／七原冬雪

シスター・ソフィアの次なる邪教布教の秘策は、第三王女カリーナの勧誘作戦！ しかし、またしてもシオンの触手が大暴走。任務に同行していた王女をうっかり剝いてしまって、邪教は過去最大の存亡の危機に!?

ISBN978-4-09-453217-3（ガか5-36）　定価814円（税込）

純情ギャルと不器用マッチョの恋は焦れったい2

著／秀章

イラスト／しんいし智歩

ダイエット計画を完遂し、心の距離が近づいた須田と犬浦。だが、油断した彼女はリバウンドしてしまう。嘆く犬浦は、再び須田とダイエットを開始。一方で、文化祭、そしてクリスマスが迫っていた……。

ISBN978-4-09-453219-7（ガひ3-9）　定価792円（税込）

ドスケベ催眠術師の子3

著／桂嶋エイダ

イラスト／浜弓場 双

「初めまして、佐治沙慈のおに一さん。私はセオリ。片桐瀬織」夏休み。突如サジの前に現れたのは、片桐真友の妹。そして——「職業は、透明人間をしています」。誰にも認識されない少女との、淡い一夏が幕を開ける。

ISBN978-4-09-453214-2（ガけ1-3）　定価858円（税込）

魔王都市3 -不滅なる者たちと崩落の宴-

著／ロケット商会

イラスト／Ryota-H

偽造聖剣密造の容疑で地下監獄に投獄されてしまったキード。一方、地上では僭主七王の一柱・ロフノースが死者の軍勢を率いて全面戦争を開始する。事態を収拾するため、アルサリサはキードの脱獄計画に乗り出すが!?

ISBN978-4-09-453220-3（ガろ2-3）　定価891円（税込）